跑攻籃球

RUNNING 5IVE

中

喬靖夫——著
馮展鵬——設定・插畫

NING

目錄 CONTENTS

RUN 5IVE

第六章

Chapter 6

重整

REBUILD

1

進攻。

在這一刻，王迅的心裡，就只有這兩個字。

汗水流進眼睛。他偷空伸手擦擦，也不管看不看得清，瞇著眼果敢衝入了對方禁區。

隊友把球從外圍傳進去，時機與方位恰到好處，王迅不必用眼睛，雙手就把球吸住了。

兩個穿紅球衣的對手，同時朝著他迫近，再加上從後追趕而來的原有防守者，總共三人包圍。

王迅心坎裡，卻前所未有地平靜。

他沒有半絲猶豫，雙腳發力蹬踏，就地拔跳，雙手舉球。

這出手時機快得就像胡亂來的，誰也來不及封阻。三個防守球員全部只能站在原地，仰望升上半空的王迅。

王迅的雙眼因為汗水刺激，仍無法完全張開，視線裡出現著模糊的籃框。

他只能信任身體的直覺。

當籃球脫出指尖的瞬間，王迅感覺四周就像變得絕對寧靜。只剩下他自己的心跳聲。

這記急停跳投實在倉促，跳躍的力度沒有用足，在躍到頂點一刻，王迅只是靠臂力去補救投球的拋物線，但仍然太過平坦。

然而皮球就像跟籃框早有約定，前後反彈了兩下，最終仍然乖乖掉落網裡。

王迅一著地馬上倒跑回防，同時發出興奮的吼叫，舉拳擂著心胸。他的綠色球衣胸口，印著「沙峽中學」四個白色的老派書法字體，下面是球員號碼「11」。

溫教練在場邊無言瞪著眼睛。剛才王迅在三人包夾間魯莽出手投球，他激動得頸筋暴突，但緊接就看著籃球進網，溫教練把本來就要喝罵的說話硬生生吞回肚裡。

全隊清一色理著和尚平頭的沙峽中學球員，紛紛高舉手臂，瘋狂吶喊打氣。

「他拿了多少分？」其中一個隊友問。

「……22！」

球場內，王迅與四個戰友已回到後場防守。但即使如何專注比賽，這時刻他們還是忍不住偷瞄場邊的記分板。

52-46，沙峽領先聖文森書院6分。比賽時間餘下最後1:34。

——快贏了！

——四強！我們要打進四強啦！

「守好這球！冷靜地打！」教練呼叫提示：「小心！千萬別犯規！不要太急搶球！」

王迅卻不這麼想。

他盯著對面接近過來的紅衣對手，心裡思考：

——時間不多，這一球，他們必然會急攻！而現在看得出來，他們已經很累了……

——我卻還能跑！

王迅的想法跟教練指示有所矛盾，令他不禁猶豫。但這時他又記起偶像方宙航說過的話。

方宙航礙於身材限制，本身的基本防守能力並不算很強；可是每到球賽關鍵時刻，他卻經常能做出不可思議的突擊攔截，令敵人提心吊膽。某次訪問裡，他曾經這麼解釋：

「重要的時刻，絕對不可以被動；

當對手露出弱點時，要把防守當作進攻來打！」

回想起這句名言，王迅下定了決心。

聖文森的控球後衛正帶著球越過中線，由於想盡量減省時間，跑得有些急，拍球時稍微離開了身體的保護。

——是機會！

王迅足底發力，向前猛衝出去。

今年還未滿十五歲的王迅，已經有5呎11吋（180公分），在同齡的小前鋒球員裡算較高，但他腳步的速度，半點也不輸給後衛。

聖文森的控衛沒想到，對方在這種應該穩守陣地、盡量燃燒時間的情形下，竟會突然發動這麼積極的賭博性壓迫，王迅本來更不是他的對位防守者，頓時令他有些慌亂。他急忙想換手運球，避開王迅的抄截，但是先前運球時離身體太開，這時匆忙想改變節奏，拍球比平時高了一點點——籃球暴露在王迅跟前的時間，也就因此稍稍增加了。

抓住這個微細的時機，王迅的手掌像毒蛇般伸盡襲擊，指尖僅僅碰到了球皮！

籃球彈向前方。王迅順勢跨開大步，越過失去球的對手，俯身把球撿到。

前方再無任何防守者。

王迅運球衝上，速度提升至最高。

發亮的木板地，在他鞋底下飛快掠過。

體育館四周的沸騰聲浪，再一次完全消失。

整個世界，只剩下他、籃球與籃框。

王迅緊盯著鐵框計算距離，猛力把皮球拍下最後一次。他大幅邁步，雙手穩穩地收回反彈的球，另一條腿緊隨跨出。

整串動作，全身上下每分力量協調都非常完美。

王迅左腿像彈簧發動，整個人乘勢飛躍，右手把球端出去。

這是最簡單的帶球上籃。每個籃球員，從小就重複做過不知幾萬次了。

——不會失手的。

——把這兩分拿下來。

——在這裡決定一切。

王迅人在半空，與勝利的距離，已然不足三呎。

但就在這瞬間，一片陰影從左後方迅速掩上。

天空忽然變暗。一股巨大壓力，朝他頭頂逼近。

王迅原本專注無比的精神狀態，出現了裂痕。

他的內心，不再純粹。

場館裡各種聲音都回來了，鼓盪著他的耳膜；皮膚感受到四方八面投來的灼熱目光。

身在空中的王迅，發現自己變得不一樣：已經不再是那個十四歲的初中三年生；而是八年之後、穿著南曜電機21號藍色球衣的他。

時間餘下不足2分鐘。南曜隊落後5分。

這一球，關係著反敗為勝的希望。

王迅卻心頭沉重。

——在這裡，誰也對我的進攻沒期望。

——我辦得到嗎？

身後那片陰影，繼續朝著王迅壓迫而來。

一股窒息的感覺。

原本近在眼前的籃框，頓時變得無限遙遠。

王迅知道，自己一定要趕在被陰影吞噬之前，把球脱手。

比原本預計稍早一些，籃球從他指頭釋放出去……

●●●●●

他從夢中驚醒。

十二月初的寒氣，瀰漫在沒有暖氣的狹小房間。可是王迅從床上坐起來時，全身都被汗水濕透。

他急促透氣，一時無法分辨自己身在何方，過了好幾秒才認得出自己的公寓房間。

藉窗外投來的街燈光線，他茫然掃視室內。

四周牆壁上到處都貼滿了圖畫。全是他自己的手筆，許多是高中和大學時期的素描功課，其他則自從搬來這裡後才累積，都是悶在家裡無聊時亂畫的東西。

王迅當然也有喜歡的NBA球星，卻從沒收集他們的照片。牆上只得一幅球員海報，貼在他睡覺正對的位置，是十年前方宙航跳投的英姿。這是當年籃球雜誌附贈的折頁海報，王迅從少年時一直保存至今，顏色早就變淡。

瞧著海報裡的偶像，王迅的意識漸漸回到現實。他揉揉眼睛，眺視床邊窗外。一片還在沉睡中的市街。

看著夜景，他心裡想的卻是剛才夢中重演的那個場面：

籃球從指頭脱出，擦過籃板，落在鐵框邊緣，反彈開去……

昨晚對戰夏美精工這記關鍵失手，完整地在他腦海裡一遍又一遍重演，每個細節他都記得清清楚楚。

王迅抱著頭，五官皺成一團。可是就算閉著雙眼，影像還是揮之不去。

——哎呀……為甚麼……

前面已經無人阻擋，快攻上籃卻竟然失敗。對籃球員來説，這是可恥的錯誤。

——連這麼簡單的進攻，我也完成不了！

他咬牙切齒。

然而無論多麼後悔，時光都無法倒流。

昨晚剛剛打過這麼激烈的比賽，王迅此刻卻已全無睡意。

他按亮腕上的FireRun運動手帶。時鐘顯示04:33。他只睡了四小時。

王迅爬起床，把濕透的睡衣脫掉，匆匆淋了個浴，換上乾淨的運動衣。

正要把抽屜關上時，他瞥見塞在裡面最角落那件綠色球衣，忍不住拿出來攤在床上。

這件少年時的校隊制服，他當然早就穿不下，多年來卻一直保留著。

十四歲的王迅穿著它，打出初中時代最後一場勝仗：那是學界分區錦標賽的八強半準決賽，他當時是隊中得分主力，砍下24分，打破自己的生涯紀錄，成功率領校隊殺入四強。雖然最終只得殿軍，但已經是沙峽中學這家「鄉下學校」創立籃球隊以來最好的成績。

可是自從那次之後，王迅就再沒有像那樣打球……

看著舊球衣，王迅努力回想著當年作戰的情景，尤其是想重新呼召那時手感「著火」不斷得分的快感，但他卻發現怎也無法喚回記憶。

——怎會這樣的？當年我明明對自己的得分能力很自豪啊……

功敗垂成、苦澀地結束了初中最後大賽後，王迅下學年升讀了安隆高中。即使不是最頂尖級別的籃球名校，他從開學就感受到，高中籃球相比初中嚴酷得多。

入學不夠一個月，教練張永豐特別找他談話，提出叫他轉型。

「雖然練了還沒多久，你也應該了解，我們球隊的優勢是身高。」張教練當時跟王迅說：「我們進攻主要都集中在籃下。雖然你也不算矮，但內線並不是你專長。當然，我們球隊同時也需要外圍射手，但是……」

這一點王迅自己很清楚：安隆高中籃球隊的一、二年級生，有好幾個擅長投三分球的後衛，正在競爭著同一個位置。

王迅初中畢業那年，場均得分也有14.8，但並不夠穩定——例如打贏那次八強戰之後，接著的準決賽敗仗中，他只得可憐兮兮的7分。以這樣的往績，要取得張教練信任讓他擔當專門的外線射手，他知道實在困難。

「這麼下去，將來你不會得到多少上陣時間。你需要在球隊裡找到屬於自己的位置。」張教練繼續說：「我看過你在錦標賽的表現……你的外圍防守，動作和意識都非常好。假如集中強化這方面，以你的身高速度，正是我們需要的類型。」

那天後，王迅的球員之路，就徹底改變了方向。

轉型為防守型球員，意味著他再也無法以「戰神」方宙航作模仿目標。王迅最初以為自己會很難受，但過了不久他就完全適應新角色，還漸漸得到張教練倚重，他的高中一年級球季，竟有接近三分一賽事獲委以正選先發的重任。

這種改變，甚至令高中時的王迅鬆了口氣：進攻，總會有手感失靈的時候，甚至遇上持續低潮；可是防守，只要你有足夠的努力、專注和決心，就不會失水準，永遠都是可靠的武器。

從那個時候開始，王迅每天獨自鍛鍊時，就不再模仿方宙航的進攻動作，而是反過來用方宙航作防守的假想敵……

憑著這防備力，他在高中球圈引起一些注目，最終獲得明城商業大學招手，四年後畢業又得以進入半職業球隊南曜電機。他一直都走著這條路，以為這麼做就足夠。

但是昨晚的失手，令王迅驚醒了。

——在球隊需要我的時候，我沒有把這麼簡單的任務好好完成。

——我有弱點。

——很大的弱點。

王迅想起幾個月前，自己在南曜新人發佈會上，曾經說過這句話：

「我要給所有人看見，我是一個真正的籃球員。」

——看來，還不夠資格。

他慢慢把那件初中舊球衣摺好，放回抽屜裡，再次看看時鐘。快將凌晨五點了。心頭大石始終無法放下，他想，不如出去跑步吧。

王迅把運動襪跟跑鞋找出來，戴上AquaOm運動耳機，拿起手機準備塞進貼身腰包，卻發現屏幕上顯示出一個未讀短訊。

他本不想理會，但一眼就瞥見發信人名字是「ＷＬ」，也就是衛菱。時間是半夜十二點多。

他忍不住打開查看。信息很簡單，只得兩行：

「一定要休息。

就算心情不好睡不著，都要躺在床上。」

王迅讀完後失笑。

——這傢伙，真的很了解我啊……

他反覆看了短訊幾次，歎了口氣，決定還是聽衛菱的話放棄跑步，重新躺回床上。

讀到衛菱的囑咐，王迅暫時擺脱挫敗感的纏繞。他盯著天花板，心裡想著她。

剛剛打輸了這麼一場讓人不甘心的比賽，衛菱自己的情緒一定也很難平復吧？她卻在臨睡前仍然記得寫這條短訊。王迅感覺心頭一暖。

但他轉念又想：衛菱是以甚麼身分對我説的呢？字裡行間沒有顯示出任何語氣，又沒附帶表情符號，就這麼兩句，可以是教練的命令、訓練員的叮囑或是朋友的關懷。從這少許文字，實在看不出來。

——也許，所有隊員其實都收到一模一樣的信息吧？……

想到可能是這樣，原來那股暖意冷卻了下來。

回想過去這星期，自己跟衛菱的距離，突然變得有些疏遠。他開始懷念每次去「滾滾來」聞到的那陣麻辣香氣。

——一切是自從那一晚，她跟著林霄離開後開始的……

這幾天王迅控制著自己不要去胡想。衛菱是他好朋友。他相信她，不希望自己往最奇怪的方向猜測。

但幾個小時前，這個封印已經被其他人打開了。

那是剛剛輸給夏美、隊員們回到更衣室後發生的事。打了場可惜的敗仗，眾人淋浴和換衣服時都很沉默。平時最多話的葉山虎又不在——他終場後就馬上去了醫院做檢查，以確定最後摔的那一跤沒有觸動到膝蓋舊患。

只有比賽中無甚表現的陳競羽和呂劍郎，仍然有心情邊穿衣邊交談。

「我們那位女助教，到底是怎麼回事？你有聽說甚麼嗎？」

「沒有……」陳競羽乾笑幾聲：「不過呢，女人總有門路的嘛……尤其是漂亮又年輕的女生……」

當時王迅就在隔壁，聽了很憤怒。可是對方又沒有明說出甚麼難聽話語，而且隊友們都心情沉重，王迅不能為了這樣的小事，當場挑起事端。

此刻回想起陳競羽的說話，王迅更難以入眠。

他拿起手機，Google一下衛菱的名字。

「美人教練」等等一堆搶眼標題，在搜尋結果裡紛紛列出，附上許多幅衛菱昨晚在場邊指揮調度時的照片。

王迅把圖片一一打開瀏覽。Realer遊戲社的網路公關團隊，一夜裡耗盡全力去推相關的帖，發佈出來的每張照片都經過精心挑選，穿著黑色行政套裝的衛菱，在鏡頭前顯得英姿颯爽。王迅看得微笑，心裡卻又有點納悶。

——說不定林霄喜歡她呢。

——但就算是這樣，她爭取到這個機會，也不算錯吧？……

他不想再陷進這種胡思亂想，轉而瀏覽籃球的相關消息。

佔最多版面的，依然是一大堆恥笑方宙航的發帖。他被森姆·昆霆跨過那個場面的影片，有的在YouTube上觀看次數已經超過五十萬。王迅看見，胸口憋著一股怒氣，卻甚麼都做不到，只好全部略過不看。

其次多的則是有關龍健一的報導。

「超新星誕生!!」

「恐怖新人」

「力與美的結合」

這些都是媒體給Ken寫的標題。

王迅見到Ken這個一起進入南曜電機的同輩，終於獲得相稱的讚譽，衷心感到高興。他一直都不太理解，Ken為甚麼不去「Metro Ball都球」參加選秀，而會降格來打半職業的「AAA聯賽」。但現在也不管那麼多了，王迅心裡只慶幸擁有如此強大的隊友。

他特別把《10 FEET》網誌上龍健一的一篇人物特寫文章打開來細讀。阿雙哥的文筆角度非常獨特，令王迅看得津津有味，每讀到認同處更是默默點頭。

可是王迅不知道：他自己本來也有一篇個人介紹，原定今晚在《10 FEET》跟龍健一這篇文章並列刊登，只是到了最後關頭，阿雙哥還是決定把它撤下。

原因正是球賽的關鍵時段，王迅那次單人快攻上籃失手了。一個被球迷看成「輸掉這場比賽」的球員，《10 FEET》難以為他推出這般重量的專文。

運動報導的世界，往往就是如此冷酷。

王迅在床上讀過幾篇文章，又思考了許多東西，窗外天色開始變亮，他腦袋跟眼睛漸漸疲勞。不知不覺間，帶著這股濃重的倦意，他終於把眼皮闔上。

2

白曦樺今天的心情非常好。

週末的工作日程比較鬆動，她想起也是時候抽空探望父親了，就決定自己駕車去。

晴朗的星期六早上，海傍郊道風景十分美麗。白曦樺並沒怎麼專心欣賞，只因這片景色她早就熟悉。

她只是單純享受著駕車的樂趣。平日白曦樺都由司機接載，坐車的時間都用來處理公務；其實她很喜歡駕駛，每當握著方向盤時，就回憶起從前在加州留學的日子。

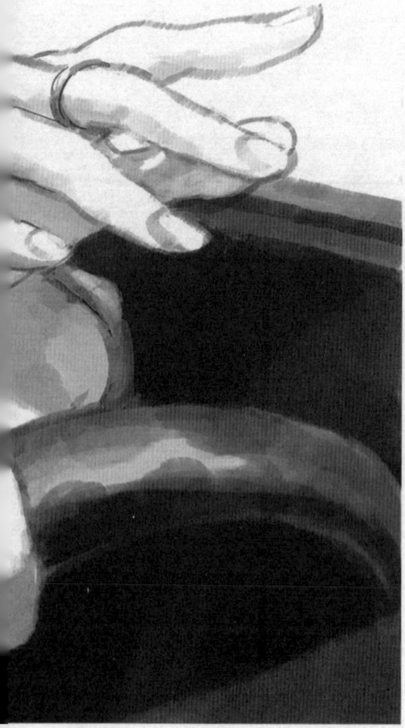

第六章

重整｜REBUILD

023

那是她人生裡唯一自由的歲月。

直視著前路，白曦樺臉上流露出笑意。昨晚南曜隊雖然最終落敗，對她而言卻是一場重要的勝仗：網路直播觀看人數、重播點擊數及留言互動率，全部都打破南曜隊紀錄；方宙航和龍健一的名字成了搜尋熱門詞——雖然前者不是甚麼好新聞；助教衛菱的場邊美照，連籃球規則都不認識的網民也爭相分享；「南曜」和「南曜電機」等字眼的網上曝光率，全部連帶暴升。

能夠打響這一炮，在白曦樺眼中實在是一次大成功。

昨晚之前她還幾乎認定，重金簽下龍健一是項徹底失敗的投資；但是沒想到籃球世界的行情變化速度，竟然比得上金融市場。

更讓白曦樺高興的是，昨晚在球場的包廂裡，林霄對比賽異常投入。到最後一分鐘，當南曜隊確定落敗時，林霄就像個孩子，站在玻璃窗前揮拳跺腳，大聲仰天歎氣。

「啊……只差一點點就追上！太～～可惜啦！」

白曦樺目睹林霄流露出這股激情，知道不用再擔心Realer會中斷對南曜隊的投資了；而兩家企業未來建立更緊密業務合作的可能性，亦將大大提升。她的計劃正一步步如願實現。

Benz跑車到達一段長長的筆直大路，白曦樺卻沒有加速，只想慢慢享受這獨處的旅程。

她發現自己從昨晚到現在，腦海都無法揮去林霄的印象。在球場包廂裡，林霄將自己最真實一面，完全暴露給她看見，這件事令她頗為震撼。

這幾年白曦樺一步步接管南曜企業，整個人都投入經營裡，身邊一切人際關係，全都化約為能夠計算的價值；林霄卻令她驀然察覺，自己原來已經許多年沒有與人「真實」地交往。

——這麼古怪的男人，要不是他的才能和興趣剛好令他賺到大錢，我們的人生大概永遠都不會有交集吧？……

昨晚回到家，白曦樺就想對林霄這個人多加了解。她幾乎想把他設計的遊戲下載來試玩，但最終覺得太浪費時間而放棄。網路上搜尋到關於林霄的資料很少，只因他從不接受媒體訪問。

白曦樺用語音控制，打開連接汽車系統的手機，想要撥打電話。「林霄」這個名字一直停在唇邊，始終無法吐出來。她對自己的無聊有點生氣，還是把指令取消。

跑車轉進一條小路，白曦樺幾乎閉著眼都能把車駛進去。一座連著庭院的老舊大屋，不久就在她面前出現。

這是白曦樺長大的地方，但在她眼裡也是一座巨大的舊鳥籠。她很清楚記得，自己搬出去那天，是如何徹底地鬆了口氣。
南曜電機創辦人白淩石，幾年前被診斷患上失智症（認知障礙症），終於堅持到兩年半前，病症漸漸影響執行工作的能力，才不得不交棒給獨生女兒，完全退出隱居。
接任行政總裁後不久，白曦樺就以方便工作為由搬走，住進市中心的飯店式公寓，留下父親獨自在這大屋養病……
把跑車緩緩駛進車庫停好，白曦樺深呼吸休息一會，才開門下車。
「小姐早安。好一段日子沒見了。」管家老駱早就站在外面等候，向她問好。
白曦樺打個招呼，並沒有露出笑容。這老傢伙的語氣雖然溫文恭敬，但說話明顯是在譏刺她：你許久沒來探爸爸了。
即使早已是白家實際的一家之主，她卻無法反擊——面前這個老人，是從她四歲開始就照顧她起居的長輩。
車庫另一邊，停著輛有點舊的中價日本小轎車。白曦樺剛才駛進來時已經看見。
「怎麼回事？」她問老管家。這輛車好像有點眼熟，卻一時想不起是誰的。

「老爺有客人。」老駱回答：「正在見面。是理察教練。」

「理察．康明斯？」白曦樺非常訝異。

老駱點點頭，不忘加一句：「教練比你還要常來。一個月大概三、四次。」

白曦樺完全不知道有這回事。她甚至不曉得，父親跟康明斯教練原來竟是這麼好的朋友。如今回想，南曜隊聘用康明斯是兩年多前的事情，由父親親自決定。那時候白曦樺雖然已經掌管南曜電機的要務，但她對於營運這支浮浮沉沉的老球隊一向不感興趣，因此並沒過問這項任命，也從不多理會康明斯的執教成績——直到這一季，她要借助籃球隊與林霄建立商業合作關係，才開始重視起來。

而一個星期前，白曦樺更在林霄的要求下首次凌駕康明斯，直接動用總裁權力介入球隊事務，下令將衛菱從訓練員提拔為球隊助教。她知道此舉必然令康明斯大感不快，故此現在絕對不想跟他碰面。但同時她又對康明斯與父親的關係感到好奇，就決定悄悄進去偷看。

畢竟是已經住了廿幾年的家，白曦樺熟悉大屋的每寸，一直走到客廳外，都沒有驚動任何人。

從廳門旁邊窺探進內，她自然一眼就認出父親。

端坐在皮革沙發上的白淩石，身姿依然硬朗，半點不像個病人，一頭濃密白髮梳理得很整齊，兩隻大手掌穩穩安放在椅把上，神態就像國王。

坐在他旁邊的，是同樣年紀不小的康明斯。這位平日不苟言笑的老教練，此刻神情卻興奮得像少年，手裡拿著電視遙控器，朝面前屏幕按了幾下。

電視播放出鼎沸人聲。白曦樺稍稍轉移角度看清了，正是昨晚南曜電機對夏美精工那場比賽的影片。

「你看⋯⋯他多厲害！」康明斯指著屏幕裡一個藍色球衣的身影高叫，情緒跟平時在球場邊的嚴肅模樣，簡直判若兩人：「這球出手時機好快！要是稍微慢一點點，已經被對方拍掉了⋯⋯」

白淩石同意點頭。他的笑容也非常燦爛，目不轉睛注視著電視裡的球賽。

白曦樺已經忘記了，自己多久沒見過父親露出這種笑容。她難以理解眼前到底發生著甚麼。

她再仔細一些看那電視屏幕，終於認出康明斯所指的南曜球員是誰。是方宙航。播放著的是昨晚比賽上半，他氣力還沒耗光前，在場上連續得分的勇姿。

「接著這球更厲害！」康明斯高呼：「好好看著⋯⋯來了⋯⋯BAM！是吧？這種高難度動作，他仍做得出來！而且是穿著南曜球衣做啊！」

白凌石笑著舉起拳頭：「是我的球員！」

「對啊！」康明斯看著老闆，露出欣慰的神情：**「方宙航。你最喜歡的籃球員。就在你的南曜隊裡。」**

白曦樺繼續注視老爸這副孩子氣模樣，無法壓抑心頭的驚異。

這些年，她與父親因為對公司發展的方針看法不同，關係一直緊張；白凌石得病後，父女感情不單沒有得到修補，隔閡反而變得比從前嚴重。白凌石在女兒面前一向是強人，不希望被她看見自己軟弱的一面，於是病後更刻意把自己收藏；性格同樣剛強堅執的白曦樺，看著父親受病情影響，精神變得恍惚游離，也就覺得越來越無法跟他溝通。

在她眼中，白凌石日漸嚴重的病況，令他變得彷彿不是活在現世，跟身邊的人和事都脫離了連繫，猶如一具空殼。

但是白曦樺錯了。

此刻她眼前的父親，徹底展露出真誠的感受與激情。

她知道父親一直很喜歡籃球，否則幾十年前就不會創立南曜電機隊。

但直到這一刻，她才親眼目睹，他到底有多愛籃球。

這股熱愛，甚至能夠克服病魔，令他暫時變回一個正常人。

看著康明斯跟父親有說有笑，白曦樺突然感到很孤單，好像他們那邊是個她無法走進的世界。

而她還察覺：父親這副興奮又天真的笑容，跟昨晚林霄看比賽時那樣子，竟然十分相似。

——你們這些男人，到底是怎麼回事？……

過了大約十五分鐘，康明斯終於放下遙控器，用手支著膝蓋慢慢站起來，搔了搔後腰說：「時間差不多啦，我要走了，你自己繼續慢慢看。看多少次都可以。我很快就會再來，帶著方宙航更厲害的影片給你看。老朋友，保重。」他說完拍拍白淩石手背。

白曦樺匆匆閃身，匿藏在門旁的柱子後，臉上帶著少女般的慌張。從另一個門口離開的康明斯，始終沒有發現她的存在。

白曦樺舒了口氣，心裡卻有股矛盾。

——我為甚麼要躲？

——現在的我，明明已經是這個家的主人啊……

她再次探頭看看客廳裡。

父親依然安坐，繼續全神凝視著電視裡的籃球比賽，露出滿足的笑容。彷彿裡面就存在他生命所需的一切。

3

在天亮前倒頭大睡的王迅，再次醒來時，已經過了中午十二時。

他搔搔散亂的玉米辮，進浴室看著鏡子。是時候要光顧理髮師，把辮子重編了。今天既然不用上班，又沒得練球，他決定待會就過去。

拿起手機，正想撥電話去預約時，王迅才發現原來又收到另一條衛菱的短訊。他急忙打開來看。

起床後找我

我在「大象」

「大象」是王迅這座公寓外頭大馬路上的一家咖啡餐廳，食物很不錯，價錢也相宜，王迅偶爾會光顧。

——她怎麼知道那地方？……

衛菱身為球隊職員，當然知道王迅的地址，可是過去他們從來沒約過在附近吃飯。看到這信息他的心跳有點加速，馬上回了句「**我15分鐘後到**」，就匆匆梳洗更衣。忙亂間他找不到應該穿甚麼，結果還是披上球隊外套，拿頂棒球帽蓋住亂髮，也就飛奔出去。

到達「大象餐廳」外頭，王迅透過木框大玻璃窗，已經看見坐在裡面的衛菱。她沒有像以前一身運動衣，而是穿件大毛衣襯著牛仔褲，腳上蹬一雙短皮靴，長髮都放了下來，給人的感覺跟平日完全不一樣。看見衛菱這身打扮，王迅有點後悔自己穿得太隨便。

他帶點緊張推門而進，跟衛菱揮揮手，走過去坐在她對面。

「大象」是家已經開了超過二十年的老店，雖然不是甚麼高級餐廳，裡面以木材為主的佈置卻格調不俗，加上歲月累積的溫暖感，氣氛令人很舒服。角落一面牆壁上是個高高的大書架，塞滿舊小說和旅遊書籍，隨便讓客人拿來翻閱甚至借走。空氣裡播放著輕細的爵士樂，是老闆的個人喜好。

王迅坐下來才看見，衛菱跟前餐桌上擺滿著東西，包括工作用的平板電腦和一本籃球戰術參考書，還有已經快喝光的咖啡杯。

「你來了很久？」王迅疑惑著問，掏出手機看看。剛才他心急沒留意，現在才發現衛菱的短訊其實是在兩小時前發出的。

「沒關係。」衛菱笑著拍拍那部書：「反正這裡環境很好，我就順道工作，再坐多久都行。你需要盡量睡呀。」

這就是衛菱選在王迅家附近等候的原因。他聽了很窩心。

「你怎麼知道這地方的？」

「就用Google Map找這區有甚麼推薦的餐廳呀。咖啡和三明治果然都不錯……Opps，不好意思，我太餓了，剛才已經點了一份餐吃完。」衛菱笑得露出皓白的牙齒。

「是我自己起床太晚，有甚麼不好意思的？」王迅聳聳肩。他暗暗覺得可惜，只因實在有點懷念衛菱的吃相。

「因為我明明答應要請你吃一頓的嘛。結果自己先吃起來。」

「甚麼？」王迅故意誇張地怪叫：「你準備就在這種便宜地方請我吃飯慶祝升職嗎？休想！」

衛菱急忙伸手指按著嘴唇，輕輕發出「噓」的聲音。王迅這麼大聲地說「這種便宜地方」，實在太過失禮了。他回頭偷看，站在吧檯後正在沖咖啡的老闆，果然皺著眉看過來。王迅縮起雙肩伸伸舌頭，與衛菱相視而笑。二人間的氣氛，又回到從前在「滾滾來」吃飯談天時那模樣。

王迅心裡鬆了口氣。他還以為自己跟衛菱的關係，已經回不去從前了。

上次他們在「滾滾來」碰上林霄的事，其實才不過一個多星期前，王迅卻感覺好像已經很久沒和衛菱說話，有許多事情想跟她說，卻有點無從組織，最後想到的，還是一句話。

「對不起，沒法為你打贏這場球。」

衛菱微微錯愕：「怎麼說這種話？球賽又不只是關乎我……」

「不。我知道這場比賽對你有多重要。你第一次得到這樣的機會啊。」王迅的神情十分嚴肅：「可是……就差那一點點……」

上籃失手的那球，又再在王迅腦海浮現。他好想跟面前的衛菱傾訴，自己對此有多悔恨。可是他決定還是不要說。

──她在球隊裡要顧慮的事情已經很多，我沒必要讓她再多擔心一件。

衛菱聽他這麼說，感覺很安慰。

「假如你擔憂的是我坐不住助教職位的話，那你可以放心。昨晚比賽結束之後不久，我就馬上收到林先生親自打來電話，告訴我要再努力幹下去。」衛菱微笑說：「暫時我也不會回去當訓練員了。你要繼續忍受Jerry那笨小子。」

聽到這好消息，王迅高興得大笑，猛地點頭：「對對對……那小子，的確笨手笨腳！」

──太好了。**她的夢想還在繼續。**

衛菱笑著撥撥耳際頭髮，加上一身新的打扮，姿態跟在球隊裡時完全不同。王迅過去都沒發現，她有這麼嫵媚的一面。

「你的衣服……」

「這些嗎？」衛菱拉拉身上的毛衣。「是Realer的公關拉我去買的。一天之內捧走了一整堆，把我家衣櫃都塞爆了，完全超過我畢業後這兩年買衣服的總和！不過除了比賽時那個套裝外，都不算甚麼名牌貨，我都隨他們替我挑。看起來是不是有點奇怪？」

「不會不會！」王迅馬上揮手：「你穿得很好看。」

衛菱再次撥弄頭髮，這次有點靦腆。王迅說完才發覺，自己這句話好像太過直接了。但是沒辦法，每次在衛菱面前，他發現自己總是有甚麼感受就很輕鬆說出口，而他真心喜歡衛菱這麼穿。

——只是王迅同時又想到，這些衣服算是林霄買給她的，心裡有些微微不快……

他點了平日在這裡常吃的奶油蘑菇義大利麵跟鮮奶咖啡。王迅本就不是真要衛菱請他吃甚麼昂貴菜式，只要能夠跟她見面已經很滿足。

衛菱也多添一杯黑咖啡，已經是她這個早上第三杯。其實她昨晚睡得比王迅還要少。這場敗仗同樣令她心胸哽著一口氣吐不出來，剛才等待王迅這段時間，她已經在著手研究怎樣改進球隊的戰術。

王迅邊吃邊跟衛菱談天，很快就把那碟義大利麵幹掉。但是談話時他硬是覺得衛菱有點不對勁。並非說話內容的問題——從前他們的話題也八成不離籃球。

——從我進來餐廳到現在，她都只在回應我，還沒主動說些甚麼……

王迅想：看來衛菱不只是為了請我吃她的升職飯，而是特地有事情過來找我。

他默默呷著咖啡，等了好一會。衛菱依然沒主動開口。他終於忍不住了。

「你過來是有甚麼話想跟我說的吧？現在可以啦。」

衛菱一直掛著的微笑消失了，代之以有些難受的神情。她想把這些說話盡量拖延，但始終不可能永遠逃避。

「我真的非常感謝你。」衛菱說：「我有這個突破的機會，都是全靠你。」

王迅很清楚：在這種時候，只有「可是」之後的部分，才是真正的內容。

「可是……」衛菱繼續說：「已經成為教練的我，不可以跟個別隊員太親近。這會影響球隊和其他人對我的信任。」

王迅聽了感覺整個人冷下來。

BIG ELEPHANT
Cafe

「這是對我非常重要的時刻。」衛菱繼續說：「你也知道，我這幾年的夢想，全都繫在這次機會上。我承受不起一些無法控制的紛擾。對不起，請你明白。」

聽著她這些說話，王迅的心情很複雜。他當然感到失望，但另一方面又很清楚，衛菱的說話都是對的。

而且她沒有逃避，直接就把自己面對的困難說出來。這種情況，多數人大概都會推出「其實你也需要專心打球」、「這樣對我們兩個都比較好」之類理由，來減輕自己的責任吧。可是衛菱沒有，仍然是十分誠實。

「我並不是說，我們以後就不再是朋友……」衛菱瞧著王迅，連忙補充：「也不是說以後連多談幾句都不可以。只是……」她一時找不到能夠令王迅比較好受的字眼。

「我明白的。」王迅先一步說話，為她解除了這個困難。「我明白。」

——就是說，以後我跟她，只是教練跟球員。

王迅喝光了咖啡，吁出長長一口氣。他露出牙齒，擠出一個看來跟平時沒甚麼分別的陽光笑容。

「不過這頓飯還是由你來付帳。別想逃跑啊。」

衛菱沒有笑。王迅這麼體諒她，只令她更難受。

王迅拍拍大腿，站了起來。

「剛才說的事情，就從明天才開始吧。今天我要違抗助教的休息指令——吃了這麼高熱量的一頓飯，我決定要去跑步。」

他揮揮手朝衛菱道別，就離開了「大象」。

推開門出外後，王迅那副硬擠的笑容終於消失。

他看著燦爛冬日下的明亮街道，心裡決定，今天要好好出一身汗。

接下來連續幾天南曜隊練習，方宙航都沒有現身。

這極之不尋常。方宙航平日在球隊裡的態度雖然差勁，經常遲到早退，又不時帶著酒氣來練球，但至少都會露面，加入南曜至今兩年多，只因為生病缺席過三次。

現在他徹底失蹤，誰都知道是甚麼原因。

夏美精工的美籍王牌外援森姆．昆霆，狠狠擊敗了原「Metro Ball」ＭＶＰ方宙航，並且大步跨過他的場面，雖然已經發生了好幾天，至今仍然是網路上的熱門話題，甚至蓋過許多「Metro Ball」重要賽事的新聞。大量惡搞、戲謔方宙航的修改圖片和短片，繼續在各種平台流傳。其中有一幅不知道誰弄的惡搞圖片格外受歡迎，它將當時無力躺在地板上的方宙航縮小到像玩具人偶，跨過他的昆霆猶如巨人，笑容燦爛地露出發亮的牙齒。

許多平時根本就不看球的網民，突然全都化身籃球專家，大量留言嘲笑、批評和羞辱這位從前的「戰神」。方宙航曾經是炙手可熱的超級球星，受過全城萬人熱捧，又是當紅女明星楊黛雪的前夫，群眾並不覺得有必要對他手下留情。

「既然是公眾人物，就要有接受批評的準備呀！受不了就不要吃這口飯！」

每當老球迷試圖維護方宙航時，最常遇到的就是這類反駁。

看著隊友受到這鋪天蓋地的攻擊，南曜隊員深感憤怒，可是又做不到甚麼。不時都有媒體找他們，想得到關於方宙航這事情的回應，他們遵照公司和教練的指示，一律封口不談。

方宙航持續缺席，對球隊練習倒是沒有太大實質影響。他本來就不太積極參與團隊戰術訓練，多數都是獨自在一角練習個人技巧，而那不守時習慣與冷漠態度，更一直影響著練球氣氛。

「其實他不來反而是好事啦。」陳競羽有次這麼低聲說：「大家精神會更集中。」

隊長關星陽雖然沒有像陳競羽那麼尖刻，卻也不得不承認他說的是事實。

陳競羽這幾天的練球情緒，甚至比平時還要高漲，在場上來回奔跑時充滿活力。他心底裡確實有些暗喜：假如方宙航一直不回來，自己很有可能正式升上先發陣容，上陣時間也將大大增加。

王迅則是球隊裡最沮喪的一個。

每次練習，王迅都會暗暗期待，那個姿態散漫、一頭亂髮的瘦削身影，隨時會再次出現在老舊的大鐵門前。

然後每到練習結束，他都失望而歸。

「再這麼下去，公司那邊也許會有動作。到時就很難挽救了。」

星期四晚的練習中途，衛菱趁休息時間忍不住悄悄告訴王迅，因為她深知方宙航在他心裡有著特殊的地位。

「這是甚麼意思？」王迅問。

「方宙航的球員合約裡，有訂明出席率的條款，缺席太多就是違約，公司隨時可以把他……」衛菱說著，用手刀做出一個切掉的動作。「這個星期天的比賽，假如他也不來，恐怕就是極限。」

王迅沒想到情況已經這麼嚴峻。他看得出來，衛菱跟他一樣地憂心：她所設計的「跑陣」構想，其中包括了運用方宙航的部分，非常需要這支火力。

這是衛菱跟王迅最近幾天僅有的對話。經過那次在「大象」餐廳分別後，她心裡不免有些尷尬，只好刻意避開他。

——我們是「教練與球員」。

她不斷在心裡重複著這句話。

同時衛菱花在龍健一身上的時間則變多了，經常找他討論怎樣調整戰術和進攻的選擇。這是很正常的事——經過上仗的表現，龍健一儼然已成為南曜隊攻防兩端的不動核心。

康明斯每天都照常出席練習，卻把指導工作全都交給衛菱，一個人靜靜坐在場邊觀察。老教練並沒有露出甚麼不快表情，說話語氣也很平和。衛菱無法判斷，她突然被高層擢升為助教是否令他大感不滿，因此用這種撒手不管的消極態度來抗議？

不管如何，衛菱已經沒空理會這些人事糾葛。她心裡只有一件事：怎樣令南曜電機贏球。

康明斯這種冷淡表現，並沒在球員間引起太大反應。經過對夏美精工一戰，他們已經漸漸把信任轉移到衛菱身上，樂於跟隨她的指示進行練習。

不過每一晚，康明斯仍然坐到練習結束為止。

王迅留意到，教練就跟自己一樣，視線不時都眺望向球館的鐵門。

——他也在期待方宙航回來。

衛菱既然已全面執掌訓練的主導權，她的戰術及陣容決定，也就成了南曜隊的正式方針。對夏美雖然最終落敗，可是隊員們卻已經清楚看見新戰陣的實際威力，龍健一、葉山虎和郭佑達都對下一場比賽充滿期待。關星陽向來都以球隊大局為重，很自然就接受了角色的轉變，安於降格為後備。外援球員梅耶斯並沒有像隊友那麼投入，不過用這個新「跑陣」去打球，確實比從前爽快得多，而上仗多得龍健一在內線頻頻傳球，梅耶斯少有地取得雙位得分，這種數據提升，對於身為「籃球傭兵」的他，當然有益無害。

南曜隊這場變革，最初是由王迅開啟的，他本該是最興奮那個人。

然而在練習場裡，他的表現卻低於眾人預期。

這晚的下半部練習，球隊如常進行五對五鬥球。

「快！跑起來！」葉山虎一如平日，向隊友發出激勵的喊叫。他的膝蓋經過檢查已確定平安無事，此刻正毫無保留地全速飛奔。

「空位！空位！」郭佑達把球餵了給站在內線的Ken，卻發覺己方陣勢呆滯，急忙指著王迅大叫：「切入啊！」

這個無球後門切入的攻擊很簡單，上星期對夏美時王迅已經做過幾次，可是他此刻的進攻意識就像慢了一拍，等到被郭佑達提醒起跑時，空位早就被對方的呂劍郎堵塞了。

葉山虎看見，搖頭歎息。

接著下一次進攻，他們嘗試另一個策略。這次王迅及時反應，跑到持球的龍健一右側。Ken拿著球用背項掩護他，阻擋著追過來防守的陳競羽，同時以遞手傳球（註1）塞給王迅。石群超已經來不及補位，王迅跟籃框之間是一條無人通道。

王迅帶球躍上去，但眾人看見他上籃的一刻，跳躍和舉球動作都有點不協調。脫手的籃球，好像只是僅僅夠力爬上籃板，再輕輕掉進框裡。

「喂喂！那算甚麼？」看見王迅這麼簡單的上籃竟如此生硬，葉山虎大皺眉頭，回防時開口斥責他：「你這個星期好像都是這副模樣啊！」

「不好意思……有點累。」王迅嘴裡這麼回答，心裡想的卻是另一回事。

——不要緊，反正球隊主要都不是靠我進攻。

——比賽時我安分一點就行了。

衛菱當然從場邊把這一切看在眼內，她知道王迅的情緒出了問題。

——方宙航失蹤；上次關鍵時刻失手的陰影；還有……

衛菱很清楚，自己也是造成王迅狀態低落的原因。這令她覺得自己沒有立場對他說甚麼，只能夠默默看著。

——還有幾天就比賽，你一定要克服啊。

龍健一同樣在留意王迅，但並沒有開口指責。

練習結束了，卻始終達不到預期的熱度。葉山虎摘下護目鏡，苦惱地跟關

① **遞手傳球**（Hand Off），是在接近距離裡，直接伸手把球遞給跑過的隊友。這種傳球通常同時在為接球隊友阻擋防守者，隊友接到遞來的球，即時能夠順勢攻擊，是一種簡單的掩護戰術。

星陽對視。關星陽沒有像他這麼擔心，反而微笑拍拍他的肩。

「會好起來的。多點信任年輕人啊。」

王迅坐在板凳，脫去了球鞋，看著那道始終無人進來的鐵門，長長歎了口氣。

這時龍健一走到他跟前。

「明天中午，你不吃午飯可以嗎？我想帶你去一個地方。」

王迅聽了很訝異。

龍健一在南曜隊的地位一直很特殊：既是最年輕又資歷最淺的新秀，卻也是身價最高的全職球員——球酬比方宙航和梅耶斯都多出一截，還為球隊的贊助商Realer做產品代言。王迅這些在南曜電機任職的「上班族球員」，跟這位萬眾矚目、獲得全職球星待遇的新人，彼此根本像活在不同的世界，平時不是太容易相處。

同時Ken從一開始就承擔著球隊「救世主」的壓力，開季以來表現和戰績卻都持續不振，那股焦慮不安，自然亦令他表現得自我保護和孤立。

因此龍健一和王迅雖然同期入隊，但是除了那次新人發佈會之外，四個月來都沒怎麼私下交往。王迅曾經嘗試打開這種無形隔閡，並沒有得到Ken的回應。

想不到Ken現在竟然這樣主動邀約，王迅最初還以為自己聽錯。他呆住好一會，緩緩點頭答應。

● ● ● ● ●

得到同組同事蘇順文的掩護，王迅在12:30午飯時間開始第一秒，就準時奔出辦公室，只花三分鐘已經到達南曜電機總部大廈的地面正門，登上早就等在那裡的四驅爬山車。

孫澈開著車，指了指放在儀錶板上的三明治和瓶裝水。

「快吃。很快就到。」

車果然開得很快。王迅才吃光了三明治沒到一分鐘，四驅車就停在目的地。

王迅看見從商業大廈外牆突出的那塊巨型招牌，不禁瞪大眼睛。

鼎鼎大名的熊季明開辦的「XST籃球技能訓練學院」，他當然知道，卻從來沒想過要走進去——在這地方上幾堂課，就得花掉他三分一以上月薪。

「還呆著幹嘛？」孫澈已經下了車，用電子卡餵著時租停車錶：「很快我又要載你回去呀。」

這麼豪華的籃球設施，王迅還是平生第一次親身進入。在孫澈帶路下，他們走過顏色美麗又柔和的木紋地板，到處燈光都調校到最適切的亮度，既不刺眼，又能清晰看見快速運動的人與球。籃球雜誌廣告裡出現的各種特別訓練器材，在這裡全都見到，好像兵器庫的槍械般整齊地排列在球場和健身區牆壁上。空調非常舒服，既均勻又清新，令人感覺完全不像身處在密閉室內。假如沒有籃球不斷彈地的聲音，這裡根本就讓人錯覺是藝術館。

經過的途中，他們迎面遇上幾張熟悉臉孔，全都是「Metro Ball」的現役職業球員。

王迅感覺就像走進了籃球天堂。

孫澈帶他進入其中一個只有半邊球場的訓練室。正在裡面的，是已經滿身大汗的龍健一。

「等我完成這一段。」龍健一指指場邊板凳。王迅跟著孫澈坐下來。

今天換了一名助理訓練師來幫助龍健一練習，主要都是調整他的跳投動作。表面看起來，這位訓練師不過簡單地負責撿球和傳球，其實他一直密切注視著Ken每次投籃的動作細節，一發現出了任何偏差，他就會在再次傳球前提出修正的建議。

這就是真正頂尖的技能訓練：每個動作，做每一次，都要求準確、穩定和一致，直至完全變成了球員的個人習慣。這個過程就跟研磨刀劍沒有分別。

來到如此漂亮的訓練球場，觀賞著這種高階鍛鍊，王迅這幾天的鬱悶心情頓時大大消退。

但是他到現在還沒有搞清楚：Ken叫他來這裡，到底想幹甚麼？

龍健一終於完成這一段200球的投籃練習。他抹著汗，走到放在場邊的一個大運動袋跟前，從裡面找出一雙KD籃球鞋，丟了給王迅。

「來。」Ken把毛巾拋去，回到球場。「到我們了。」

王迅抱著球鞋，滿腹疑問。

——我們？

他只想了幾秒，就依言把球鞋換上。畢竟來到這麼豪華的球場，不打一打實在會超級遺憾啊。

他將西裝外套、領帶和襯衫都脫下來，只剩白色背心內衣，又把褲袋裡的零錢雜物掏光，統統放在板凳上，然後走進場裡。腳下是龍健一穿過的舊鞋，比王迅的腳掌大了整整一碼，不過鞋身用帶有彈性的質料製造，王迅把鞋帶調緊綁上，踏了幾步後感覺還好。

「要幹甚麼？」王迅問。

龍健一單手抓起地上籃球，拋了給他。

「你來進攻。我給你打五球。」Ken張開腳步，降下身體橫展雙臂。「只要投得進一球，就當你贏。」

王迅瞪著他，卻發覺對方的表情絕對認真。

「這算甚麼？」

「你輸了，甚麼都不用罰。」龍健一說：「你贏了，我就包你在這家『XST學院』每個星期訓練一課，錢由我全付，直到這個球季結束。」

這實在是非常吸引的獎賞——從踏進「XST」第一秒開始，王迅就喜歡得不想離開。

——如果以後每星期都能夠來，那實在太棒了！

「怎麼樣？連進一球的信心都沒有嗎？」龍健一拍拍手掌催促他：「剩下沒多少時間了。你還要回去上班呀。」

Ken的神情語氣，似乎帶著一股嘲弄意味，彷彿對王迅說：

——上班族球員，這裡本來就不是你來得起的地方。我這是在給你機會呀！

王迅心裡惱怒。他持球擺出姿勢，準備攻擊。

「沒有籃板球。」對決開始前龍健一補充說：「每次進攻，你只能投一球。」

王迅點頭同意。午飯時間已經剩下不多。他咬咬牙，馬上運球攻過去。他的身體瞬間發動，直接從右側切進。王迅心想，面對比自己高壯的龍健一，速度將是他的最大優勢。

但是Ken早就看穿他這慣用的攻擊手段，雙足迅速橫移，用身軀把王迅往外擠壓。

這打法根本就像上星期那場比賽裡，夏美精工的防守專家辛三麟抵擋王迅時的翻版，差別只在龍健一的壓迫力量還要更強大。

遇上這種逼迫，王迅腦海裡頓時閃現出當日進攻失手的回憶，令他心裡有點退縮。他與龍健一本來已幾乎並排，如果繼續往前強攻，並不是沒有穿越過去的可能，他卻半途放棄了，運球向斜後方撤退，躲開Ken做後仰跳投。

龍健一的防守反應非常厲害，又擁有身高優勢，他迅速變向趨前，伸出長臂去阻擋。王迅雖然趕及在Ken封阻之前出手，但是被壓力干擾下，投球的路線完全偏掉，只能擦過籃框。

孫澈從旁撿起掉落的球，拋給王迅。

龍健一回到罰球線前，準備防守第二球。

「別想用不夠時間準備作藉口啊。你看我這身汗，剛才已經連續練了兩小時，大家扯平了。」

「我又沒找藉口！」王迅語氣暴躁地回答。

這次他拿著球想了一下，沒有拍球就原地在禁區頂上做出假裝要投三分球的動作。龍健一卻根本不上鉤，防守的姿勢紋絲不動，完全不擔心王迅從這麼遠出手。

王迅沒辦法，只好再一次靠運球切入進攻。這次他做了個左右交替的換手運球，加上肩頭虛晃，誘使龍健一做出錯誤反應向右移動，他緊接就變向往左衝。這一招令Ken雙眉揚起來。

——有一手啊！

只是Ken的平衡也恢復得極快，盡顯他天賦優厚的協調能力，迅疾往反方向橫移補救，再一次堵塞了王迅的前進路線。王迅收球急停，雙手舉球再做了另一次Pump Fake佯投，龍健一卻仍然不吃這套，並沒被引得跳起。

王迅趁著Ken沒有動作的小小空隙，再次快投出手。先前他做了這麼多連續動作，大大影響跳投的力量控制，這次準頭比第一球更差，籃球砸在框前端反彈而去。

「兩球啦。」龍健一伸出兩根手指。

「我知道！」王迅腹中怒火越燒越旺盛。

——可惡……這傢伙明明比我小三歲啊……

孫澈在旁觀察著。龍健一鐵壁般的防守力，當然全在他意料之內；但想不到王迅持球單打的技術原來還不錯，只是在南曜隊的比賽裡，幾乎從來沒見過他施展。

第三球王迅仍然勉強從中距離跳投。這次結果更慘，Ken看準時機躍起，像排球扣殺般狠狠將球拍飛。王迅撿球時，臉色變得很難看。

戰況看來一面倒，可是孫澈卻越看越感興趣。他也是籃球員出身，而且打到大學級別，眼光當然不差，他密切注視著王迅的舉動，心裡生出很大的疑問。

如果王迅的進攻技巧非常差勁的話，一切都容易解釋；但是孫澈所見，這傢伙的跳投動作其實頗為標準順暢，運球能力和切入步法也都很純熟紮實；假動作需要改進，但是節奏掌握得算不俗。再加上本身的速度、身材、力量和彈跳力，各種基本的攻擊工具都齊備。

王迅唯獨欠缺了某樣東西，令他每次進攻出手，旁觀者都覺得要為他祈禱。

這「東西」從外面看不見，而是埋藏在意識裡。

如此內外不協調，令孫澈覺得很奇怪。

——也許他從某個時期開始，進攻的意志就被壓抑和否定了……

只剩兩次機會，王迅表現得更焦急。他知道龍健一已經越來越清楚自己的動作習慣，接下來的出手空間只會更小。第四球他索性不運球，趁龍健一還沒接近過來，率先投個三分。

球打在籃框後側，高高彈起。

龍健一把球接住，回身歎氣搖頭。

「怎麼了？沒辦法進攻，就想靠手風嗎？這麼做有點差勁吧？」他把籃球塞進王迅懷裡。「最後一球。」

王迅這次真的被龍健一完全激怒了。他抱著球狠狠盯著對方。

──這算甚麼？特意叫我來，是要告訴我你有多厲害嗎？想給我看看你是在怎樣的地方，接受著怎樣的超猛特訓？要讓我知道你跟我的差別嗎？

──對啊！當你在這麼豪華的球場裡，由專人伺候培訓的時候，我就要去辦公室上班！

──那又怎樣？

王迅把球拍下，腳步斜斜踏出，又一次向右強攻。

龍健一照樣高速橫移，攔住攻擊路線。

他看見王迅的憤怒神情，心裡生起期待。

──對！就是這樣！讓我看看，真正的你到底是個怎樣的球員！

王迅帶著球，左肩碰上龍健一胸口，要是再撞更深一點，就會構成攻擊犯規；可是在越過那道界線之前，他及時收住去勢，還利用與Ken相碰的反作用力，順暢地後退半步；他乘勢將球大力改拍往左，右足緊接猛蹬，以「V」形路線一退一進變向，迅速攻向左路！

他這變換跨步的速度非常快，整串動作的協調極佳。

——這種跟對手碰撞借力變招的方法，是昆霆的拿手技巧。經過上次激戰，王迅不知不覺吸收了來用。

龍健一很是訝異，他本以為受怒氣驅動的王迅只會靠體力直線硬攻，想不到竟還能夠做出如此精準細膩的運球變向。

那股憤怒情緒，並沒有令王迅心亂，反而提升了他的集中力。

Ken快速移步補救，仍然攔著王迅的來勢。怎料王迅這次切入，只是踏了一步，就再度緊急煞停。

——這也是假的！

王迅貼著龍健一繼續保持運球，使出一記背向轉身。

終於，第一次將Ken甩在身後。

王迅再拍球一下助跑，雙腿蓄勢，準備起跳飛向籃框。

龍健一並沒放棄，從側後方窮追。

兩人幾乎同時躍起。

王迅右手高舉著球，身體在空中與龍健一碰撞。

龍健一雖然擁有身材優勢，但是王迅佔了攻方的先機，而且是直線奔跑起跳，結果被彈開的，反而是龍健一！

王迅在籃框前方半空中，利用挺腰之力，單手把球猛灌下去！

與衛菱的「分手」；方宙航持續失蹤；失手輸球的悔恨……這幾天累積在王迅心裡的一切苦悶，全都在這瞬間爆發出來！

皮球與鐵框，發出震撼的聲音。

這記灌籃的分寸還是差了少許，球壓在框後側，像炮彈般大力反彈開去。

「可惡！」

著地的王迅，怒吼著向空中大力揮拳。

孫澈有點驚慌，跑向摔倒一旁的龍健一。

「Ken，你沒事吧？」剛才二人的碰撞非常猛烈，萬一Ken因為這種私下「對決」而受傷，那可非常不妙。

「沒事。」龍健一拉著孫澈的手站起來，撫撫有點痛的肩頭。他瞧著盡情發洩過的王迅，笑說：「怎麼樣？比較舒服了些吧？」

王迅聽見Ken這句話，情緒頓時冷靜下來。他感受一下自己此刻的心情。

積壓在胸中的各種不快，似乎真的隨著灌籃而消散了。

——雖然是一次失敗的灌籃。

輸了就是輸了。王迅無言走回板凳，準備換上皮鞋。

「剛才是我犯規。」龍健一這時卻說，還問孫澈：「對吧？」孫澈微笑點頭。

王迅可不覺得這最後一球龍健一有犯規。雙方雖然互相碰撞，但似乎Ken是垂直起跳的，應該算是合法防守……

孫澈從西裝內袋掏出幾張紙跟一支筆，遞了給王迅。

「是我輸了。」龍健一微笑：「來『XST』練習是要當會員的，你簽了這個表格就行。其他事情由澈哥替你安排。」

王迅接過來看看。入會表格裡的各項個人資料早就填妥了，是Ken問訓練員Jerry拿到的。

根本從一開始，龍健一就決定要資助王迅在這裡練球，不管這場對決最終勝負如何。

「這是……」王迅一時不知道該說甚麼。

「別再想著你上籃失手那球了。」龍健一的表情恢復認真：「它不是那場比賽的關鍵。葉山隊長耗盡氣力的一刻，勝負已經決定。我們的防線失去他，最後贏球的機會原本就很低。」

王迅這才明白：Ken今天叫他來，是為了替他解開這心障。

「我真的這麼容易被看穿嗎？」王迅苦笑：「可惡，明明我比你多讀了三年大學，你卻好像比我還要成熟！」

龍健一聽了，跟孫澈相視一笑。

——在我們出身的那個地方，每個人都被迫要快速長大的啊……

王迅默默看著手上那疊「XST」的入會表格。

「不要把這當作甚麼恩惠。」孫澈拍拍王迅肩頭，指著Ken說：「這傢伙只是為了自己。他需要隊友變強。」

龍健一輕輕打了孫澈胸口一拳，然後看著王迅：「怎樣也好。總之我只想贏球。」

「不行。」王迅搖頭：「我不能接受你替我付錢。」

兩人皺眉看著他。

「不過呢……」王迅露齒笑起來抓抓辮髮：「你可以借我。有天我會還給你。」

他在表格上簽了名，連同筆還給孫澈，然後看看時鐘。「糟糕！只剩這麼少時間！難得來到這麼漂亮的球場，我卻連一球都沒進過！」

他抓起地上的球，興奮地看向籃框。

「休想！」

龍健一豪邁大笑，再次在王迅面前擺起防守姿勢。

第七章

« Chapter 7

崛起

RISE

兩個結伴同來看球的年輕女ＯＬ，在入口滿心歡喜地接過宣傳人員遞來的藍色應援T-shirt，上面有四個筆法蒼勁的大字：

北國之龍

她們在觀眾席坐下後，把厚厚冬天外套脫去，就急不及待將應援Tee套上。她們互相看看，衣服上除了這四字，還印著龍健一空中灌籃的剪影圖案。兩人興奮地輕輕擊掌。

距離比賽開始還有大半小時，球館卻已坐滿了三分二。

南曜電機今天再度出賽，已經沒有上次對夏美那種規模，而是回到小得多的「北區市立體育館」；這場的對手更是另一個極端：勵進體育會，目前位於「ＡＡＡ聯賽」成績榜最末的弱旅，是今季最有機會降班的球隊。再加上是星期天，同日有三場「Metro Ball」職籃賽事進行，多數主流球迷都只會關注最高級別的競逐，南曜隊這場球不可能重演上次的高人氣。

即使如此，追蹤南曜隊的群眾確實有所增加，不論現場售票還是網路轉播的收看數字，都顯著上升一大截。

他們大都是被龍健一吸引而來的新球迷。

金牌經理人莫世聞早就預計得到——他旗下「S&Y運動經紀公司」的市場資訊團隊，過去一星期在網路上蒐集了大量數據，已然捕捉到龍健一人氣急升的趨勢。Simon當然不放過這時機，吩咐孫澈緊急訂製三百件以Ken為主角的應援Tee，免費派送給進場球迷造勢。

「北國之龍」這個外號，是莫世聞親自想的，借助龍健一的俄羅斯血統，營造出獨特又帶異國神秘感的形象。其實Ken是徹頭徹尾的本地人，在市內的陂島貧民區出生，艱苦掙扎長大，背景跟「浪漫」沾不上半點邊；他從沒去過俄國，俄語也只懂得一點點單詞。

莫世聞才不理會這些。只要能夠達到想要的效果，「北國之龍」就是個好名字。

這個大力宣傳龍健一的機會，他期待已久。Simon的計劃是，先乘勢為Ken建立起一群堅實的核心球迷，之後再推動各種宣傳活動就能隨時動員。

「北區體育館」的設施遠比上次「南濱館」老舊又簡陋，並沒設私人包廂，林霄卻還是堅持來現場觀看，白曦樺只好不情不願地陪伴。要在一般公眾席裡，跟南曜電機的打氣員工擠在一起，白曦樺感到渾身不自在。

「從這裡看比賽，氣氛其實比在包廂裡更好啊！」林霄說時取下茶色眼鏡，以少年般的好奇眼神，掃視場館四周。

他從前讀高中時長期被籃球隊員欺凌，非常討厭體育館，更從來都不會去看球賽。如今身處觀眾席，感受著這股開戰前的熱絡氣氛，林霄感到既新鮮又有趣。

經過上次南曜對夏美的激戰後，林霄已經徹底被籃球吸引住了——尤其球隊是他有份出資的「玩具」，那股投入感變得更為濃厚。等待著開球時，他就像喝了過多的咖啡，在座椅上一秒也無法坐定，不斷搖來搖去，有時輕碰到白曦樺肩膀，就對她傻笑，令她有些尷尬。

「咦？……」林霄發現，前排的南曜社員之間，坐著個打扮奇特的漂亮少女，不禁投以注視。

葉山娜娜發現林霄的目光，回頭向他露出虎牙微笑揮揮手。林霄也用笑容回應。

「真不錯……」他喃喃自語：「這跟宣傳電玩，其實一模一樣啊！下次我們就找幾個漂亮的coser女孩來球場……」

白曦樺點頭虛應，眼睛卻凝視著前方的球場裡。只隔著三行座席，就是南曜隊的板凳區，康明斯教練默默安坐，像平日一樣嚴肅冷漠。

白曦樺瞧著這滿頭白髮的背影，不禁回想老教練在她家大宅出現的事。她很想趁今天到場，面對面親口問問康明斯，但先前跟他的關係弄得那麼僵，實在有點難開口。

——或許等球隊戰績改善，我就找個機會安撫他，然後再跟他談談。

——那麼拜託了，你們一定要贏啊。

距離開賽已不夠十分鐘，但南曜電機隊尚欠了兩個人：方宙航與蘇順文。那群每次都來捧場的方宙航死忠球迷，今天幾乎全部到齊，六十多人聚集在南曜板凳的側後方。他們特意帶來一幅五呎長的醒目大標語，上面展示著藍色字體：「HEART & SOUL」。

方宙航受辱的事在網上爆發後，這些不離不棄的球迷，今天都專程過來想為他加油。但直至現在，他們仍未看見偶像上場練習的身影。眾人深感憂慮，完全沒有心情喊口號，只是默默坐著等待。

王迅在場裡做著步法暖身，不安地密切留意更衣室出口。

他想起衛菱的話：假如方宙航連這場比賽都缺席，後果將非常糟糕……

一個穿著南曜外套的球員，這時果真從更衣室跑出來。王迅見了卻大感失望。是蘇順文。

蘇順文跑到教練那邊。他沒有參與暖身，卻已經滿頭大汗。

「怎麼樣？找到他嗎？」衛菱焦急地問。

蘇順文喘著氣點頭：「他在家。可是就算把他硬拉過來也沒用。他現在……不可能上場。」

康明斯和衛菱聽了，立時明白他的意思：方宙航一定喝得很醉。

——他根本沒有想過要來比賽。

康明斯閉起雙眼，輕輕歎息一聲，當中透著深沉的痛惜。

衛菱瞧著老教練。她一直知道康明斯格外關心方宙航，卻以為只是教練對王牌的期待，不知道原來情感這麼深——那歎息聲音裡，有種父輩對孩子的關懷。

康明斯朝衛菱點頭，示意叫她開始。

——這場球，一樣交給你。

衛菱深吸一口氣，重新聚斂心神。

無法改變的事情，就不要去管。她此刻集中在想，怎樣贏這場球。

——即使失去了方宙航場均超過20分的火力。

她把球員聚集起來，首先向他們宣佈方宙航今天要「請假」的消息。眾人聽了皺眉。不管方宙航跟隊友多麼不合，他在球隊裡的重要性，還是無法忽視的。

「大家都應該記得，我們已經五連敗了。」衛菱凝重地說：「你們回想，吞下每場敗仗的感覺有多難受；每次都多麼希望不會再有下一次。」

隊員們互相對視。尤其是上仗面對強敵夏美，曾經共同奮戰過的龍健一、葉山虎與王迅幾個人，他們回憶起當天完場笛音響起一刻，心裡那股強烈的不甘，血脈不禁翻湧。

「這場球，要是我們也打輸，理由絕對不會是因為方宙航不在。」衛菱掃視著眾人：「只會是因為我們自己沒有打好，每個人沒有為彼此多跑一步。**這是今晚我們會輸球的唯一理由。**」

球員們點點頭。板凳區燃起一股戰鬥氣息。

「我絕不相信，這樣的事情會在今晚發生。」衛菱率先伸出手：「上吧。**就在這裡，我們把失敗終結！**」

每個球員都把手掌疊上去。

「One～Two～Three——Go，South Star！」

● ● ● ● ●

這場比賽打到第二節，基本上已經完結了。

龍健一、梅耶斯、葉山虎、王迅與郭佑達這個南曜「五人跑陣」，今晚第一次在正式比賽裡先發上場，那種速度馬上就令勵進隊窒息。球賽只打了5分鐘，南曜隊已經做出4次抄截，並且迫使對手3次失誤丟球，一開局就打出24-8的優勢，其中12分都是靠輕鬆快攻掠得。

王迅上一戰才剛剛經受了夏美王牌森姆．昆霆的磨練，今晚一踏進球場，那防守氣勢就像飢餓的獵豹，僅僅經過幾分鐘交手，勵進的後衛只要看見他稍微趨近，心裡已經慌了一半。

勵進隊試圖調整，盡量拖慢比賽節奏，而且每次進攻時都預先準備回防，以減少南曜的快攻反擊機會。不過這種患得患失的打法，令他們的攻勢欠缺積極，又不太敢爭搶進攻籃板球，南曜隊防守得更加輕鬆。

少了快攻後，衛菱就指示隊員盡量發揮龍健一的單打能力。

面對這頭年輕怪物，勵進的內線球員最初仍然嘗試單對單防禦。這等於邀請龍健一表演他的華麗技巧。

龍健一背壓對手運球，先用力量強行深入到籃底，收球後一記轉身佯裝出手，引得對方起跳，再以漂亮的腳步避過，躍高用指頭輕柔地將球滾進去，那姿態流暢得猶如舞蹈。

下一次，Ken在距離籃框15呎處面向對手，做出幾次迅速的交叉運球，技巧之純熟根本不應是他這種巨大前鋒所擁有。對方慌忙後退一步，以防被他運球切過，卻把自己絆倒了。龍健一收球，冷冷看了倒地對手一眼，神情冷峻地輕鬆投出。籃球爽快地空心穿網而過，沒有擦到鐵框半分。

龍健一的新球迷狂熱歡呼著，掀動身上剛剛獲得的「北國之龍」T-shirt，作為慶祝動作。

莫世聞用手機攝下觀眾席這一幕，興奮不已。

——我就是要這種畫面！

白曦樺注視球場上龍健一的英姿，眼裡散發出光芒。這場面令她更確定，先前投資在Ken身上的每分錢都值得。

勵進隊如今認清了事實：能夠單防龍健一的球員，目前在「AAA聯賽」裡恐怕半個也沒有。他們轉用雙人夾防，但也只不過讓Ken展示更多面的技巧而已。

假如是先前那支呆滯的南曜隊，包夾龍健一這策略也許還能生效；但現在完全不一樣了，其他四個隊員都在積極跑位和互相掩護。只要隊友肯移動，Ken的內線傳球技能就充分發揮。

連續兩次攻勢，龍健一都從巧妙角度，拋出恰到好處、對手無法摸到的高吊球，讓梅耶斯在空中輕鬆接住，雙手猛力灌籃。

勵進隊的禁區，對龍健一來說就像座遊樂場，想怎麼玩就怎麼玩。

第一節終於完結，比分34-12。

南曜隊展現出的氣勢和攻防威力，令到來捧場的所有球迷興奮得坐不住，觀眾席間簡直像騷亂一樣。

「太帥了！太帥了！南曜！」葉山娜娜自從球賽開始後，幾乎完全沒坐過，不斷跳著高呼。

只有方宙航那幾十個支持者，因為無法看見偶像參與這場表演，全都失望地靜靜坐著。

林霄大笑，朝白曦樺高舉手掌。白曦樺雖然很不習慣做這種事情，還是勉強跟他擊掌。

回到板凳的南曜球員振奮地互相碰拳。衛菱卻沒有加入他們，緊鎖的眉頭並未放鬆。球賽還在進行時，跟球員一起慶祝不是她的工作。

她保持謹慎態度，第二節先將龍健一、葉山虎和郭佑達收起來，以免又犯了上仗球員消耗過巨的失誤。

按照衛菱本來的完整「跑陣」，這種時候派方宙航出去搶分，是最理想的選擇；現在她卻只能依賴關星陽和陳競羽這些不算穩定的得分點。

衛菱的擔心似乎是多餘的。勵進隊的士氣經過第一節早就被徹底擊潰，就算面對南曜後備陣容，也無法激起反撲決心。分數差距幾乎毫無變動。

第二節還剩5分鐘時，南曜正選又再登場。這等於宣佈勵進隊的死刑。

上半場結束的比分是57-24。兩隊根本處於不同層級。

到第三節，勵進隊只是象徵式頑抗了三分鐘，就收起正選球員，宣佈投降。衛菱也輪流動用全部板凳隊員，連蘇順文和東尼．迪森這兩個本來只是南曜電機的會社員工、被徵召入球隊撐人數的大後備，都有充分的上陣機會。南曜電機自開季以來，已經不止一次出現這種漫長的「垃圾時間」，今天卻是首次立場逆轉，球隊在慶祝氣氛裡渡過。

「這可不行啊！應該多派Ken上陣！」正離開觀眾席的莫世聞，帶著不滿自言自語。他原本期待龍健一再次製造出一堆驚人數據，但今晚Ken只得18分、8個籃板球及5次助攻，並不符合莫世聞心目中的劇本。

——可是龍健一這些數據，是僅僅上陣17分鐘就創造出來的。

最終分數是89-48，看起來是一場毫不留情的「屠殺」，其實南曜只使出七成氣力。

終於結束連敗，南曜隊的氣氛當然高漲。但是龍健一、王迅和葉山虎都有種還未完全燃燒的感覺，畢竟今場對手實在太羸弱，仍未印證到南曜隊現時的真正戰力。

衛菱的想法跟他們一樣。不過比賽一結束，她那凝重的神情就撤去，換上鼓勵的溫暖笑容，叫隊員們盡情慶祝。

因為她知道，他們很需要這場勝仗。已經等得太久了。

——之後的事情，就留給我去擔心吧。

2

之後一整個月，王迅幾乎連半點休息時間也沒有。

聖誕和新年是南曜電機企業的冬季銷售高峰期。他們的主力王牌、智能運動手帶FireRun，藉著節日推出了更新版1.5代，兩款聖誕限定配色更是重點宣傳產品。市場業務部在這個時候是最繁忙的部門，王迅和蘇順文每天都要跑大量銷售點，負責設置宣傳物和推廣攤位，有時也要幫忙緊急送貨。每次晚間球隊練習，他們都因為工作而遲到，有好幾次還因為加班至深夜而被迫缺席。

甘大榮主任雖然被王迅在球場上的爭勝鬥心所感動，對他另眼相看，但並沒因此就對這個公司新人放鬆半點，相反還變得更嚴厲。

「工作就是工作！只有做到最好，沒有任何藉口！沒有呀！」

每次發現王迅在工作上出了差錯或疏忽，甘主任就會對他大吼。唯一不同的是，甘主任已經再沒追問王迅何時轉換髮型了。

王迅有時覺得，甘主任跟他的大學教練貝守義很像——尤其是常常強調「工作」這個詞。在明城商大四年，貝教練從來沒有跟他們說過甚麼「打球的樂趣」之類，永遠只會用「Work」來形容籃球。

——主任也許沒說錯。既然工作是無可逃避的事，我不如把它做好吧。

王迅這樣想著，在職務上漸漸有了改進；每次順利完成工作，或者合作單位的前輩對他說句「謝謝」，他心裡也會生出一股滿足感。

即使工作如此忙碌，王迅寧可犧牲睡眠時間，依然堅持每天清早上班前回練習場做自主訓練。葉山隊長只要前一夜沒有拍攝工作，就一定會出現。在兩人的感染下，連郭佑達也被吸引了，每星期至少參加一次；龍健一有自己排定的嚴格訓練日程，不過偶爾也會來加入。

當然還有每週六在「XST學院」的特訓，王迅不管如何都會擠出時間準時出席。

每一名新加入「XST」的球員，院長熊季明會首先親自觀察一次，看看如何針對每個人量身訂造訓練計劃。看過王迅做完整套45分鐘的技能練習，又聽他簡述了自己的籃球經歷後，熊季明給出建議：

「你主要是想加強進攻能力吧？各種基本技能要素，其實你都大致有掌握，也沒養成甚麼特別壞的習慣。」

熊季明說時神情像個醫生，用冰冷的語氣分析著。他不想給對方任何不切實際的希望——「XST」不愁沒有學員，他沒必要故意巴結取悅任何人。

「但是你的進攻，還得從最根本處一步步改善，尤其是心理重建。不要期待我們能夠令你短期突飛猛進。我估計，如果你能持續在這裡定期訓練，又願意下苦功做齊所有自主練習的話，最快下個球季，就會開始出現成果。」

王迅聽了有些失望。他原本期待在這裡特訓，能夠及時把自己變成南曜隊的補助火力——龍健一之所以幫助他來「XST」，相信也是這麼希望。

然而告訴他的人，是熊季明這位傳奇訓練師，他只可以選擇相信。

受繁忙工作影響的南曜球員，當然不止王迅一個，而是佔了大半隊。除了眾多「上班族球員」外，當模特兒的葉山虎也因為臨近節日，各種媒體拍攝工作和出席活動大增，同樣不得不減少練習。

「其實每年到這個時候都差不多。」蘇順文告訴王迅：「半職業的企業球隊，就得面對這種現實啊。」

●　●　●　●　●

在如此繁忙又疲累的時節裡，南曜電機隊要連續四星期迎戰四場比賽。

當中第一場對手更是強敵：來自菲律賓的外資企業，拉美雷斯信託銀行。

拉美雷斯隊目前戰績7勝3負，排在「AAA聯賽」第三位。這支球隊除了有銀行的充裕財政支持外，還擁有一個獨特優勢：他們能借助母國的籃壇人脈，發掘菲律賓裔好手助陣。

12月23日，平安夜前一晚。此戰仍然是在小小的「北區市立體育館」上演。

身穿金黃色運動外套的拉美雷斯球員，一個個魚貫跑出，在場上開始暖身，展現出的氣勢和能量，跟上次的對手勵進體育會有天壤之別。

單是看見對方跑步跳躍的姿態，衛菱就知道眼前必然是一場硬仗。

——運氣有點差啊……假如有得選擇，真希望遲幾個星期才對上他們。

她設計的南曜隊「跑陣」，今晚才第三次投入實戰，還沒完全成熟穩定，這麼快就要硬碰一支同樣屬速度型的強隊，衛菱頗是擔心：輸一場球還其次，球隊剛剛才建立起來的士氣，以及對新戰術的信心，都有可能因挫敗而動搖。

但是反過來，如果南曜電機闖得過這關，球隊必然脫胎換骨，提升到另一境地。

球場鳴笛響起，示意距離開賽只剩3分鐘。賽前練習結束了，雙方都各自回到板凳。拉美雷斯的正選球員把外套脫去，露出內裡火焰般的鮮紅球衣，胸口繡著菲律賓國旗的金黃太陽標誌。

王迅遠遠望過去，搜尋他今晚的主要對手，很快就在人叢裡找到那兩個膚色黝黑的身影。

那兩人同樣朝著南曜隊這邊眺視。他們並不特別高大，一樣是6呎2吋（188公分），身材卻十分結實，左右肩頭肌肉隆起像圓球；他們長相酷似，又深又大的漂亮眼睛，正在遠遠打量南曜球員，特別是最耀眼的龍健一。

「他們就是幾乎打敗夏美精工的球隊嗎？……」兩人交談時，眼睛閃著銳利的目光。

這對奧甘寶（Ocampo）兄弟是拉美雷斯隊的閃電雙衛組合，兩人年紀只差一歲，身高打法都非常接近，是兼具控球和得分能力的雙能衛（Combo Guard），當一起上陣時，能夠因應狀況和對手，隨時互換角色。

兩兄弟是百分百菲律賓裔，在馬尼拉長大及學習籃球；不過由於兩人當年都在本市出生，自動擁有永久居民身分，因此並沒佔用球隊的外籍援將名額。這樣拉美雷斯隊等於變相擁有三個外援，是他們一大優勢。

「根據搜集到的情報，這兩兄弟的實力，達到菲律賓ＰＢＡ職業聯盟二線球員的水準。」三天前衛菱在球隊的備戰會議上說，並且把奧甘寶兄弟的比賽分析片段播放給南曜球員看。

「他們將會是敵隊裡最麻煩的對手。」衛菱指著投射在牆上的影片：「但反過來也就是說：只要成功剋制這對兄弟，勝利必定屬於我們！」

此刻在球場上，葉山虎調整著護目鏡，遠遠瞧了奧甘寶兄弟一眼，然後搭著王迅的肩說：

「看來我們今晚會很忙呢。」

● ◉ ● ● ●

王迅很清楚：無論事前如何預先詳細研究過敵人，實際交手的感覺，將會完全不一樣。

果然如此。

面對面交鋒一展開，王迅、葉山虎和郭佑達都馬上察覺，奧甘寶兄弟的動作速度和節奏非常難應付。他們的單打進攻威力，雖然還未到達昆霆那種級別，球風卻即興而大膽，南曜隊只要稍不留神，外圍防線很容易被兩人撕破。

王迅對著的是身材稍瘦削些的弟弟艾力．奧甘寶（Eric Ocampo）。艾力的身高和體格都比不上王迅，但這個差別並未令他畏縮，持球進攻時充滿侵略性，王迅勉力守了幾秒仍然被他切過。艾力果敢帶著球，直殺入南曜禁區中央。

龍健一及時上前補位，堵塞艾力的切入路線。

但艾力的目標只是要搞亂南曜隊的防守。他一招不用眼睛看的彈地傳球，送給了站在籃下的拉美雷斯隊外援中鋒，球繼而再傳到無人防守的小前鋒手裡，輕鬆以中距離跳投得分。

南曜馬上撿起球開出，想用擅長的快攻反擊，但是奧甘寶兄弟的大哥拉蒙（Ramon）早就回到後場防範，沒有給予南曜隊任何可乘之機。

在這對兄弟的高速壓制下，南曜的「跑陣」開局後無法順利施展，反之奧甘寶兄弟則帶動著整支拉美雷斯隊的節奏，攻防兩端都非常爽快。3分鐘過去，南曜隊以8-3落後。

衛菱並沒有喊暫停，也沒指示隊員改變戰術。

——必定要以速度正面對決，不可以逃避。

球隊打得不順暢時，龍健一身為王牌的價值就立時顯現。

負責控球的郭佑達受到奧甘寶兄弟嚴重干擾，要靠王迅和葉山虎幫助掩護，才能夠順利把球餵給Ken。

而Ken每次拿到球，都毫不浪費地果斷出手。

一次接一次，籃球都準確地穿框。龍健一今夜的跳投手感好得要命，三球連續命中，其中一球的射程，已經遠至三分線內僅一步。

靠著他這輪淩厲進攻，南曜隊迅速把分數拉回均勢。

場館裡龍健一的球迷，不可置信地興奮歡呼著。作為優秀大前鋒的Ken，假如連外線射程都繼續這樣延伸的話，他的未來將非常不得了。

功與汗水。

——當然公眾並不知道：為了能夠這樣投球，龍健一在背後花費了多少苦功與汗水。

「別再讓他出手！」

拉美雷斯的教練陳威廉在場邊高喊。他原來的策略是鞏固內線籃下，不讓龍健一強攻進去，防守者盡量防範Ken帶球切入，寧可給他多一點長距離跳投的空間。這是想令南曜隊的陣地戰變得單調，長時間過度依賴Ken一個人的手風，到球賽後半就會變得很容易防守。

但是陳威廉沒想到，Ken的跳投威力竟然達到這種程度。這三球他都密切看著Ken的出手動作，發現每次都毫不勉強，投球節奏非常暢順，肯定不是因為幸運才連續進球。

一開局就已經這樣，假如繼續容許龍健一累積信心，這場他隨時能夠拿40、50分甚至更多，拉美雷斯隊要抵消這個等級的火力，恐怕十分困難。

在陳威廉指示下，拉美雷斯的隊員開始對龍健一展開二人包夾。

到了這種被夾擊的時候，龍健一通常就會轉而發揮他的傳球技巧，迅速閱讀對方守陣空缺的所在，做出最好的傳送選擇。

可是拉美雷斯擁有跟其他球隊不同的防守武器：腳程速度飛快的奧甘寶兄弟。

每當龍健一從包夾中把球傳出來時，這兩兄弟其中一人都能夠及時迅速趕過去堵塞空隙，另一人則帶動其他三個隊友不斷走動補位，抵抗南曜隊接續的第二傳和第三傳，直至五人防守都完全恢復對位，滴水不漏。

葉山虎和梅耶斯雖然已經拚命走動，不斷尋找對方防線的弱點，但是奧甘寶兄弟的補位速度和意識實在太敏銳，結果南曜隊始終找不到好的出手選擇，得分再次停滯。

這是南曜隊實行「跑陣」以來，龍健一首次被封鎖了所有的進攻武器。

而在球場另一端，當拉美雷斯隊進攻時，奧甘寶兄弟的搗亂威力則保持厲害。到第二節中段，南曜隊落後9分，似乎開始要被拋離了。衛菱喊出暫停。

隊員回來的時候，衛菱察覺郭佑達和梅耶斯的目光，出現信心動搖之色。

「我們的陣法還沒被破解！」衛菱鼓勵他們：「相信我，繼續這樣打下去，優勢必定會回來我們這邊！」

3

這並不是一場好看的比賽。雙方球員的奔跑速度雖快，但是命中和得分都偏低，因為大家都在防守上付出極大體能。

比賽演變成消耗戰。這種情況下，如何調度球員，精準地分配上陣時間和體能，就成為影響勝負的關鍵。

——自己先崩潰，或是先令對手累壞。

這方面衛菱擁有一個優勢：她長期擔任南曜隊的訓練員，對每個隊員的體力，都掌握得很精準。

打到第四節初段，龍健一終於開始感覺出來，拉美雷斯隊包夾他的速度和嚴密程度已然減弱。

這一點點空隙，對龍健一來說，就如血腥之於鯊魚。

下次進攻，他在禁區外接到球的一刻，用眼角餘光看見，包夾的對手正從左側趕過來。

就像先前與衛菱做的投球練習一樣，龍健一毫不猶豫就往右轉步，背著防守者用力運球一次，再收球快速轉半圈起跳。

他這果斷的動作避開了包夾，從無人能夠防禦的高點，昂揚出手。

記分板上，南曜隊的分數跳動了。

「只是lucky shot……」拉美雷斯的助教在場邊說。

但陳威廉看得很清楚，不是運氣。

是他的球隊防守速度下降了，給予龍健一可乘之機。

而造成這變化的主要原因，其實發生在球場另一端。

艾力．奧甘寶帶球上前進攻，再一次面對王迅。他的表情不再像先前那麼輕鬆，頭頂汗水多得像淋過大雨。

王迅擴張四肢，猶如在艾力跟前張開一面大網，眼神依舊如開球時淩厲。

奧甘寶兄弟到了這時段，突入南曜禁區的能力再沒像前三節那般尖銳，只因他們雙腿已開始疲倦。

王迅和葉山虎在速度上雖然遜於這兩兄弟，卻靠著堅韌耐力成功消耗對方，現在終於見出成果。

艾力保持著運球，卻感到面前猶如立著一堵牆壁，找不到任何切入的虛位。他恨恨地盯著這個梳玉米辮頭的年輕新人，心裡想的跟金河酒業控衛楊國松，或是夏美精工的昆霆一樣：

——這小子，到底是從哪裡冒出來的？怎麼以前從來沒聽說過他的名字？

奧甘寶兄弟利用獨有的合拍感應，做了一個擋拆戰術，嘗試越過王迅。但葉山虎跟王迅的防守默契也絕不輸給他們，拉蒙做完阻擋，並走位接到弟弟的傳球時，發現王迅已經換防攔在自己跟前。他想把球馬上回傳給艾力，葉山虎卻阻斷著傳球路線，並且不斷騷擾艾力，繼續進行體力消耗。

葉山虎的單防技能雖然不及王迅，但活力和韌性卻給了奧甘寶兄弟不小的麻煩。經過上次對夏美在最後時刻耗盡體力的挫敗，葉山虎這次不再勉強，完全聽從衛菱的調度，適時就下場休息，因此到了最後第四節，仍然精力充沛。

拉蒙的呼吸卻已經變得沉重。無計可施之下，進攻時限又快滿，他只好在王迅的壓迫下，勉強做一個快出手的跳投。籃球從鐵框側彈出，被梅耶斯輕鬆收下。

「Yes！」衛菱在場邊振一振拳頭。她預想的狀況，正在漸漸實現。

正因有王迅和葉山虎在防守端大大消耗奧甘寶兄弟，當球到了另一頭時，拉美雷斯隊的防守陣勢開始變得鬆散。龍健一看著這個變化，當然不會放過，又一次果敢出擊，這次直接從雙人包夾中間切破進去！

拉美雷斯的中鋒趕過來補位阻止。這給了龍健一黃金機會，一個低快傳，把球餵給原本被那中鋒守住的梅耶斯。

要是在先前，奧甘寶兄弟其中一人必然已經迅速趕上來填補，攔著單打能力不高的梅耶斯；但此刻由於累積的疲勞，兩兄弟的反應變得遲緩，彼此都以為對方會上去，於是兩人都沒起動。梅耶斯與球籃之間，猶如一條康莊大路。他帶球上前一步起跳，雙手強力灌籃！

拉美雷斯隊馬上喊暫停。

龍健一與梅耶斯擊掌慶祝後，回身伸出雙手，指向王迅和葉山虎表示讚許。他心裡非常清楚，真正製造出反擊契機的，是這兩個專注於防守、成功耗壞了對手的可靠隊友。

王迅和葉山虎也朝Ken伸指，回應Ken的致意。

一支出色的球隊，不會只靠攻防其中一端；尖銳的攻擊矛槍，堅實的防守盾牌，互為表裡，才能夠把威力發揮到極致。

現在南曜是時候再加強攻擊力追分了。衛菱趁著暫停，把射手陳競羽調上場，取代了葉山虎。

「你不用多想其他事情。」衛菱向陳競羽吩咐：「只要盡量跑空位，隨時準備迎接Ken的傳球。一拿到球，不用多想，馬上起手。」

陳競羽點點頭。他情緒本來頗為緊張，只因過去除非已經進入垃圾時間，第四節他很少會獲派上場；但聽了衛菱這些話，陳競羽知道自己只有單純的得分任務，心裡壓力頓時消減不少。

——衛菱非常了解每個南曜隊員的特性，知道陳競羽不是那種能夠面對複雜情況、自行製造得分機會的類型；但如果純粹讓他擔任外圍輔助火力，表現往往都很稱職。

球賽再開。稍微休息過的奧甘寶兄弟，再度發動進攻，這次拉蒙為艾力做了個阻擋，艾力從三分線內僅一步，投進一顆長距離兩分球。拉美雷斯隊終於再次得分，艾力不禁振起拳頭慶祝。

但教練陳威廉則絲毫不感興奮。這並非一次好的出手選擇，艾力只是知道自己無法深入敵陣，才勉強在那個位置跳投。不會每球都這樣進的。陳威廉知道，自己的球隊還沒有擺脫危機。

輪到南曜隊進攻。奧甘寶兄弟已經沒有餘力在前場壓迫，郭佑達迅速帶球到前場，彈地傳球餵給站在禁區高位的龍健一。

拉美雷斯隊整個防守陣，都在慎重提防龍健一再次個人突破。這意味著他們的站位都要收攏到中間，對外線的覆蓋大大削弱。王迅和郭佑達跑位的同時，連續為陳競羽做了兩次阻擋，讓陳競羽擺脫防守他的艾力，到達左邊肘區外大約3呎的空位（註2）；幾乎同時梅耶斯則很有默契地向籃底衝進去，朝

②**肘區**（Elbow），禁區高位的左右兩角，俗稱為肘區（Elbow）。

龍健一舉手要球。

這瞬間，隨時持球強攻的龍健一、徒手切入的梅耶斯，與在空位準備接球出手的陳競羽，三人形成了三重威脅，拉美雷斯的隊員根本不可能同時全部應付。

他們最終選擇堵塞龍健一和梅耶斯，寧可放空剛上場的陳競羽。

陳競羽接到Ken的傳球，同時想起衛菱剛才的話。

——不用多想。

數呎內都沒人防守他。這是一種輕視。

——Ken還沒加入之前，我可是南曜隊的次席得分手啊。

陳競羽原地起跳，帶著一股捍衛尊嚴的怒氣出手。

球在鐵框內側左右彈了三下，還是進了。

「Yeah！」陳競羽猛吼著。

回防時，王迅向他伸掌。

「Nice shot！」

投進這球令陳競羽情緒亢奮，一時忘記跟王迅不和，自然就與他擊掌慶祝。

南曜隊以陳競羽換下葉山虎，防守雖然削弱了，但奧甘寶兄弟已經接近強弩之末，就算針對這個弱點突破進去，遇上王迅或龍健一的協防，仍然只有碰壁。

而在另一端，由於南曜隊多了陳競羽這外線兵器，龍健一進攻時增加了一個傳球選擇，拉美雷斯隊也就更難壓制他。下一次，Ken趁著對方包夾者分神防範他傳球，再次做出轉身後仰跳投。防守球員情急下只能犯規。Ken把兩顆罰球都投進，分數差距繼續縮小。

陳威廉在場邊臉色鐵青。球隊正在他眼前一片片地崩解，他卻毫無辦法，只因奧甘寶兄弟等正選球員都消耗了太多體能，而後備更不可能箝制住龍健一。他基本上已經無人可用。

——完全墮進對方的佈局了……

到了這個時候陳威廉早就看出來，今晚南曜隊真正的領軍者，並不是一直沉默坐著的老教練康明斯。他盯著那位素未謀面的年輕女助教，心裡極是不忿。

——這丫頭……有這麼厲害嗎？

終於時間只剩最後3:42，南曜隊的梅耶斯博得對手犯規，憑罰球反超前1分，在這場比賽裡首次領先。

對於拉美雷斯隊的士氣，這猶如致命一擊。

成功追上分數後，衛菱馬上把陳競羽收起來，換回休息過的葉山虎上陣，再度鞏固防線。

奧甘寶兄弟的意志就算再頑強，卻已經耗盡體力，不可能突破王迅和葉山虎的連線。

而在防守端，拉美雷斯隊更是完全洩氣，攔阻不住狀態大勇的龍健一。最後44秒，Ken在飛撲過來的敵隊中鋒面前，命中一記12呎跳投，出手後兼引得對方撞擊，再加一顆罰球，將優勢擴大到7分。

7分，也就是需要三次進攻才能追平。南曜電機的勝局，在這裡奠定。

完場笛聲響起一刻，南曜後備隊員紛紛跑出板凳區，興奮地與隊友擁抱慶祝。相比上次打敗弱隊勵進體育會，這場艱苦的勝仗，帶來的滿足感巨大得多：整場比賽，雙方的比分差距從來都沒超過單位數。

有些南曜隊員本來對新陣法仍抱有懷疑，如今已然一掃而空，對於衛菱的信賴又增加了一重。

兩隊球員互相敬禮。奧甘寶兄弟與王迅握手時，特別停留了一會，卻沒說些甚麼，只是朝著王迅略微點頭。

——他們不想說話，只因經過今晚，南曜隊日後將有可能成為他們季後賽的勁敵。

雖然並未開口交流，但王迅看得出來，這對菲律賓兄弟瞧他的眼神，透露出開賽前沒有的敬意。

衛菱感謝過陳威廉的指教後，回到南曜板凳，重重坐了下來。打贏了如此緊張又艱辛的一戰，衛菱感覺就像從地獄走了一圈回來。剛才從比賽開始直至結束，她的胃囊都緊縮得像顆硬球。

勝利之後，她不禁看看身後的康明斯教練，心裡感歎：

一直做著這種工作，是怎麼活到他這個年紀的？

王迅在擊敗拉美雷斯的一戰，幾乎打滿整場40分鐘，全靠他肩負起防守線，南曜隊才成功壓制和消耗對方主將奧甘寶兄弟的威力，是這場勝利的重要功臣。

可是興奮過後，第二天清早，他還是得拖著疲乏不已的身軀上班。

今天是平安夜，他要特別加班，連續工作十幾個小時，跟著甘大榮主任到處巡視各區的電子產品店和商場專櫃，確保在這個全年最高峰銷售日，現場的販賣宣傳不會出任何差錯。

直到晚上十時半，王迅連眼皮都快要撐不開的時候，工作才終於結束。店鋪的特別營業時間都到尾聲了，再沒甚麼需要做的事情，他跟蘇順文和幾個同組同事，終於可以放鬆下來。

「辛苦大家了！」在南濱區最大型商場「Harbour Square」的正門外，甘主任向部屬們高聲說，宣佈下班。眾人向主任回禮之後，都各自匆匆離開，尤其是年輕的員工，腳步走得特別快——他們都想把握午夜前僅餘的些許時間，去會合伴侶或朋友慶祝聖誕。

「Bye啦！Merry Christmas！」蘇順文朝王迅揮揮手，也邁開大步急急走去。他的女朋友正在附近一家酒吧裡等候。

甘主任收拾著私人物品，問王迅：「你呢？平安夜也沒節目嗎？」

王迅聳聳肩：「我的節目，大概就是回家睡覺吧。渾身都累死了……主任呢？」

甘大榮揚起手上的商場大紙袋，裡面裝著他為家裡兩個孩子買的禮物。「要趕回家當聖誕老人呀！」他難得向王迅露出笑容，道別前卻仍不忘加一句：「別忘記，下星期就是除夕，我們還得再衝一次！再衝一次啊！」

終於只剩王迅一人。「Harbour Square」快將關門了，大門離開的人潮，像魚群般在他身邊不斷流過。不少人拿著大包小包，臉上都是歡樂的表情。

驀然重獲自由，又被這種氣氛包圍，王迅感覺好像不那麼累了。他想還是不要浪費了節日，回家前先隨便逛逛吧。

他順著人群的去向走著，覺得有點肚餓。剛才在商店區之間忙著跑來跑去工作，根本沒時間吃晚飯。

就像反射動作般，王迅伸手向西裝內袋，想要掏手機，找衛菱一起去「滾滾來」吃麻辣鍋，下一秒卻馬上記起：

——已經不可以找她了。

前面正好有家「7-Eleven」，他進去買了兩個飯糰跟熱茶。店裡顧客太多，他找不到座位，只好在店外隨便找個角落吃。穿著一身上班西裝，卻像個不良少年般蹲在便利商店櫥窗前，三幾口他就把冷冷的飯糰幹掉。

王迅舒了口氣，拿著冒出蒸氣的紙杯，另一手捧著手機在看。屏幕角落的小時鐘顯示已是晚上11:02。王迅心裡猶豫著。

——不如趁未過午夜，打個招呼吧……

他終於動手給衛菱傳個短訊，內容只簡單寫了句：「**聖誕快樂**」。按下「發送」之後他就把手機收起來，喝光茶後棄掉紙杯，繼續走進街道人群之中。

越過掛滿動漫角色燈飾的商店，迎面是一張張興奮又充滿期待的笑臉。原來今年女生都流行戴鹿角頭飾嗎？王迅對這些潮流一向不留意。冷冽空氣裡，透著不同品牌香水混雜的氣味。男女嬉鬧的笑聲此起彼落。

王迅大學畢業才半年，比四周許多夜遊慶祝的人其實還年輕，卻感到無法融入這節慶氣氛。昨晚他才在千多雙眼睛注視下，於燈光亮如白晝的木板球場上表演出一場精彩的防守戰，在勝利裡迎受如潮的歡呼；此刻的他，卻只是街道無數人中間一個剛剛加班結束、孤獨地拖著疲乏身軀無聊閒逛的上班族。那個落差實在太大了，令他感覺自己完全不屬於這條繁華街道。

王迅的身材畢竟遠較一般人高大，在這鬧市人叢裡十分顯眼，不少人都對他注目，大概都猜到他是籃球員。王迅發現這些目光，也就刻意挺起胸膛，讓更多人看清自己的臉，留意有沒有誰認得他，甚至說出他的名字，但走了好幾條街卻還是沒有遇上。王迅有些失望，不過心裡清楚這是理所當然的：，即使在這座對籃球無比狂熱的城市，一般群眾認識的，始終只限於「Metro Ball都球」的職業球星。

——只要還沒打到「Metro Ball」層級，對大多數人來說，我就只是「一堆籃球員裡的其中一個」而已……

這種極端懸殊，是球賽產業的殘酷現實。

王迅繼續走時，思考著自己目前的處境。南曜隊確實漸漸變強了，自己也一躍當上了先發正選。可是這些都不能保證甚麼，也沒有改變他只是個兼職球員的事實。一名新人籃球員，能夠晉升的窗口是很小的，一過了某個階段，你就永遠只能停留在那裡。打了南曜隊十年的關隊長就是這樣。當然，他有值得敬佩的地方。但並不是王迅希望的結果。

他絕不想，自己最愛的籃球，到最後只不過是讓他成為大企業員工、過著安穩生活的踏腳石。

雖然氣溫有點冷，王迅還是把領帶的結鬆開來，站在街道一角燈柱旁，默默看著街上來往人群。這裡每個人，都有各自的夢想吧？不過從來就沒保證說，人有了夢想就一定能夠達到。王迅想，他們裡面有多少人早已經被迫半途放棄呢？我又憑甚麼覺得自己必定跟他們不一樣？

想到自己的籃球前途仍然一片迷茫，與早就大獲肯定的同輩龍健一差別如此巨大，王迅的心情不免低落。

可是每當這種時候，他腦海的一角，就會有顆警號燈亮起來，提醒他不要讓自己消沉下去。

——我到底在幹甚麼？明明昨天才打贏了啊。

——現在多想這些有甚麼用？眼前最重要是贏球。不斷地贏球。

——想當「Metro Ball」球員嗎？那就拚命想想，怎樣令南曜變成「Metro Ball」球隊吧！

想通了這些，王迅的心情恢復過來，伸懶腰打了個呵欠，準備坐車回家。

這時他前頭卻響起一把聲音。

「喂，南曜隊的！Merry Christmas！」

王迅看過去，是個穿著ＮＢＡ外套、腳踏Kobe球鞋的年輕男生，搭著個很濃妝的女朋友，另一手朝王迅舉起拇指。

王迅呆了一秒，然後咧開嘴巴笑了。「Merry Christmas！」他也豎起拇指向那男生回敬。

雖然並沒有說出他的名字，卻已經是個開始。王迅樂不可支，急忙想把這事情告訴別人。

他馬上就想起一個人。

就在同一秒，胸口內袋的手機發出震動。

王迅拿出來看看。

是衛菱的回覆。同樣是平淡的四個字：「**聖誕快樂**」。

● ● ● ● ●

南曜電機接著三星期同樣每週一戰，面對泰安製麵廠和艾利芳製衣，各都輕鬆以超過20分獲勝；第四場對香葉飲食集團，雖然最終只贏11分，但實際上南曜一直控制戰局，從未遇過真正威脅。

渡過了聖誕新年冬季，南曜電機已經累積五連勝，球隊從谷底一口氣衝上.500勝率（7勝7負），氣勢旺盛。

主將龍健一在這五場勝仗裡，平均得分24，籃板球11.6個，助攻7.2次，封阻3.4次。這種全能數據，令先前曾經刻意嘲笑他來製造話題的運動媒體，突然全都改了口風。只有少數球評為了維持面子，聲稱Ken的表現並不代表甚麼，「只不過是『ＡＡＡ』比賽罷了」。

南曜的升勢，已然引起聯賽各強隊的警覺。

最令外界訝異的是：南曜這一波連勝，是在缺少方宙航這位強大得分手之下達成的。

已經超過一個月。方宙航還是沒有回來。

RUNNING

第八章

« Chapter 8

夢想
DREAM

1

在「Boundary 32」展覽廳，DJ播放著令人靈魂融化的Bossa Nova節奏，四周空氣彷彿飄溢著一股溫柔甜味。

場內燈光設定很巧妙，讓置身其中的人心情自然放鬆，氛圍就像藝術館與高級酒吧的合體。到處傳來歡快輕笑。在場的賓客都很熟習這種社交場合，遇上熟人就各自聚首，熱情地碰杯交談。攝影記者在人群間穿插，不時舉機按快門。

——這種場面，有多少人跟你打招呼說話，有多少攝影鏡頭瞄準你，就是身分和價值的證明。

「Boundary 32」是市內著名的私人藝廊，主力展銷本地街頭藝術品，過去幾年已經捧紅了十幾個塗鴉高手、玩偶造型師、銀飾設計家和手繪球鞋師，是潮流界的新興聖地。

它也經常出租給國際品牌舉行具有藝術元素的推廣活動，今晚舉行的正是德國老牌鋼筆廠Wachmann發表新系列「The Sentinels」的派對。這個筆系以「運動戰將」為設計概念，會場裡用上各種競技主題的藝術品作佈置，還懸掛著多幅經典體育明星的黑白巨照，以襯托系列的七款鋼筆，整個佈局雖然不大，卻帶著一股典雅氣魄。

正因為這主題，今晚獲邀到來的名人賓客，佔大半都是本地運動明星或是相關產業人士。一個個身材壯碩的運動員，把名牌西裝撐得滿滿，牽著性感火辣的女伴，走進越漸擁擠的會場裡。他們對展品其實不太感興趣——除了簽合約時，這些職業運動員平時根本就不會拿筆。

龍健一也來了。今晚他只穿一襲簡單的黑皮衣，淡藍襯衫沒結領帶，下身是牛仔褲和皮靴，走簡約的美式休閒風格，卻已經足夠吸引眾人仰望：這麼英俊的歐亞混血兒，同時擁有鐵塔般的身高，根本不需要怎麼搭配，已經十分耀眼。

挽著他臂彎入場的漂亮女生叫Cindy Wu胡又嫣，是近半年在Instagram冒起的泳衣模特兒兼美容ＫＯＬ，累積追蹤人數已經超過70萬，在網路上名氣不小。Ken兩個星期前才剛剛在另一個派對活動裡認識她。

雖然成為公眾人物還沒多久，胡又嫣已經十分習慣這場面，跟Ken在大門前的壁板簽名留念和合照時，神態自若地迎受著閃光燈，雙眼散射出明星般的神采。

胡又嫣今晚的打扮特意配合Ken：同樣穿黑皮衣，裡面是簡單的背心，再配緊貼的長褲和短筒靴。這裝束加上稍濃的化妝與大捲髮，是1990年代名模的懷舊風，卻仍然保持著清爽感，沒有那個時代的過度艷俗。這條品味界線不容易拿捏，Cindy卻很輕鬆就駕馭了。

她穿著高跟靴後差不多有5呎9吋高（175公分），女生來說已經不算矮，卻只到龍健一胸口。合照時她把頭微微倚在他懷裡，烏亮的捲髮跟他的短金髮形成強烈對比。

「謝謝你今晚陪我來……」Ken從後輕摟著她手臂，趁機悄聲說。

「……我很高興。」她看著鏡頭同時回答。

展場的氣氛越來越熱鬧。兩人各拿了杯雞尾酒，正要瀏覽展品時，一把響亮聲音遠遠呼叫Ken。

「來啦！」莫世聞排開人群走過來，拍拍龍健一的肩，同時打量胡又嫣。她當然認識這位城內最著名也最高調的運動經理人，朝他舉杯打招呼。

——這女生蠻漂亮的，穿衣品味也很好，而且夠出名……

莫世聞看著Cindy時心裡這麼想。他並不是對她有興趣，而是在評估Ken跟這女生交往，是否能為個人形象帶來好處。

龍健一掃視展場四周。他原本不太想來。南曜隊好不容易進入了連勝的絕佳狀態，他希望這段時期能夠盡量專注在籃球上。但是前天莫世聞堅持要他出席。

「現在是關鍵時刻，你要把自己看成一個品牌，趁著剛剛有所突破的時機，盡力在媒體上增加曝光！」

當時Ken掛上電話，就問孫澈怎麼看。孫澈同意Simon的說法，還加上一句：

「就約上次認識的那個Cindy Wu看看……拜託，你今年才十九歲，應該活得像十九歲的模樣。你需要放鬆一下呀。」

結果胡又嫣一口就答應了Ken，他更不得不來。

這時莫世聞跟Cindy說：「不好意思，把你男朋友借我一下……」

「Simon，我們才剛到啊。」龍健一皺眉。

「不要緊。」胡又嫣從容一笑，幫Ken整理一下衣領。「我正好看見幾個同行，過去跟她們聚聚。」

她的個性似乎很不錯啊——Ken這麼想著時，已經被莫世聞拉走。

Simon把他帶到五個圍聚交談的男人跟前，全是五十歲以上的壯年人。其中四個都穿著剪裁稱身的行政西裝，從容地拿著酒杯，散發出一種「做大事的人」的氣息。

龍健一馬上就認出其中三人，從前都碰過面：一個是徐英敏，籃球總會的副會長；另外兩人分別是不同國際運動品牌的本地支部高層。

至於第四個「西裝人」，Ken沒有見過。

莫世聞不知道Ken是否認得這些大人物，為免他失禮，還是逐一介紹。

「我是江伯勵。」那第四個人主動說，向Ken伸手：「『Metro Ball』副總裁。專責球員管理。」

龍健一打量著他。江伯勵跟莫世聞一樣，也是梳著全撥向後的成熟髮型，但是面相比Simon英偉得多，無論眼神和笑容，都有種鷹鷙似的銳利。

莫世聞輕拍江伯勵背項，對Ken說：「我告訴你，這傢伙再過一、兩年，肯定就會接任『Metro Ball』總裁！」

江伯勵失笑，連忙揮手否認。

至於第五個男人，Ken早在南曜隊的新人發佈會就認識，正是《10 FEET》網誌的主人阿雙哥。

即使在這種高級品牌的派對裡，阿雙哥依然故我，仍是一身稍嫌過時的Hip Hop打扮，頭上那頂紐約洋基隊的棒球帽，跟腳上的芝加哥色Air Jordan 1，都已經穿得有點殘舊。阿雙哥的氣質跟其他四人相比，就像來自不同星球的生物，他手裡拿著啤酒，圍滿亂生鬍鬚的嘴巴咧開來，燦爛地對著Ken一笑。

其中一個運動品牌主管，馬上趁機跟龍健一攀談：「每次遇上Simon，談不夠三句他就會提起你，還形容你是他們公司的『秘密兵器』……難怪！你最近的戰績和數據，可真是不得了！」

「甚麼？」另一個品牌負責人聽了怪叫：「你還要等Simon提醒才留意Ken嗎？他還在聖道明大學時，我就叫下屬為他建個人檔案，預先做宣傳構思了！Ken，你有空就要跟Simon上來我們公司，我們有很多未推出的試驗產品，想先讓你玩玩給些意見，看看之後大家怎麼合作！」

「唉呀……」徐英敏笑著打圓場：「你們不是在這裡就要展開搶人大戰吧？這是派對，不是工作會議呀，讓年輕人輕鬆一下不行嗎？」

三人繼續笑著爭論，莫世聞則站在他們身後，悄悄向Ken擠了擠眼睛。

——看吧！我就說了，必定令你變成搶手貨！

這時有個攝影記者經過，莫世聞把他叫住：「來！替我們拍個合照！」

記者一眼認得Simon和江伯勵這些球壇重磅人物，當然樂意舉機。拍攝時，莫世聞刻意把Ken拉到江伯勵身邊。江伯勵笑著搭住了Ken肩頭。

龍健一明白了：Simon堅持要他來這個派對，就是為了這種時刻。

——讓人們看見你跟誰在一起。在社交場裡，「名氣」就是這樣建立的。

記者離開後，他們繼續聊著先前未完的話題，當然都是圍繞球壇的事，而且集中在商業層面。龍健一最初無法完全理解他們在說甚麼，一來不是他熟悉的範疇，二來對話裡包括了許多術語，可是他仍然靜靜站在一旁盡力聆聽，這麼做並不是為了恭維這些掌握球壇權力的「大人」，而是認為自己有必要對他們的世界多加了解。

——這些事情，對我將來的事業必定會有用。不可以甚麼都只靠別人來經營啊。

他留意到江伯勵是最少發言的一個，但是每次開口，就受到其他人的熱烈認同，很明顯在他們當中最具權威。

聽了幾分鐘後，龍健一漸漸掌握他們的對話內容，反倒開始有些厭倦。畢竟不是甚麼正式會議，交談其實佔著大半都是互相吹捧奉承。

這時他留意到站在一邊的阿雙哥，一直抬著頭，不知道在看甚麼。

龍健一循著阿雙哥的視線，也轉身往上望去，馬上也被那東西吸引著。

那是一幅懸掛在展場中央半空的巨型黑白照片。

照片的構圖很簡單，只是個籃球員雙手支著膝蓋，站在場裡仰視籃框。球場背景有點眼熟——是從前的「中央市立體育館」，也就是「星空巨蛋」未建成之前的「Metro Ball」主場館。

雖然照片裡的球員並沒有任何特殊動作，Ken的視線卻無法移開。這個身材高瘦的中鋒，光頭閃亮著汗水，下巴蓄著濃密的山羊鬚，眼神跟臉孔散發出一股懾人的凌厲氣勢，好像隨時就要往上飛撲。球衣胸口繡著「森川重工」四個字，是很久以前的舊款式。

龍健一當然知道他是誰。

沒有一個本地籃球迷不知道。

「都球」歷史上最偉大的球星「霸王」林迦。

直至今日眾多球評仍然經常說，林迦擁有超前了三十年的球員模板：7呎（213公分）高度，7呎4吋（223公分）臂展，卻具有小前鋒般的靈活速度、運球技巧和跳投能力；低位背籃進攻的腳步與技術，宛如教科書示範，同時能夠防守任何位置和身材的對手。除了生涯罰球率略低（62.8%）之外，林迦幾乎全無弱點，普遍意見都認為，假如他是這個世代的球員，必定已經去了NBA發展。

三屆「Metro Ball」總冠軍兼總決賽MVP，五屆常規賽MVP，連續三屆最佳防守球員，史上累積最高得分王及封阻王……連同高中和大學的榮譽一起排列的話，足以寫滿一頁紙。

林迦主要活躍於1980年代至90年代上半，年紀太輕的龍健一並沒親眼目睹過他的現役時期，但是林迦過去的經典比賽和生涯精華，Ken在網路上早就欣賞過無數次，更以他為學習對象。

眼前這幅巨大照片，Ken記憶中卻似乎從來沒有見過。

「這是歐文斯拍的。」阿雙哥在他身旁說，彷彿能夠閱讀他的心思。「他們最近才在一堆未發表作品裡面發現。」

「誰是歐文斯？」龍健一問。

阿雙哥皺眉：「你真的太年輕了……波比．歐文斯（Booby Owens），從前『Metro Ball』最有名的攝影記者呀。後來厭倦了拍攝球賽，轉去當戰地記者。2004年在非洲的衝突裡中彈死掉了。」他指指那幅巨照：「那個時候，林迦跟他是很好的朋友。」

「你跟他們很熟嗎？」

「我像有這麼老嗎？」阿雙哥以抗議般的語氣說：「不啦。90年代初，我才剛剛大學畢業，是個初出茅廬的籃球記者。那時候歐文斯已經是我的偶像。我家裡還有他的絕版攝影集，現在網路上好像炒賣到五千幾塊……哈哈，當然我死也不會賣！」

Ken聽了微笑。

直至目前為止，在這個派對裡，只有阿雙哥跟他說話像個真實的人類。

阿雙哥雖然是媒體人士，但是Ken在他面前卻沒有感受到甚麼壓力。Ken有讀過《10 FEET》裡關於自己的文章，每篇都十分喜歡——阿雙哥的文字風格向來簡樸明快，觀察十分精準，既不會為了吸引網民互動率就故意製造爭議話題，也沒有刻意吹捧「造神」，而只是像一個很懂看球的老朋友，跟你閒聊自己的觀點。

Ken繼續欣賞著林迦這幅照片，越看越入神。

「瞧著這照片，感覺很奇異吧？」阿雙哥說：「拍照的，跟被拍的，都已經消逝了。」

Ken緩緩點頭同意。

林迦在三十八歲光榮退役之後，出人意料地竟然轉戰政界，憑著高人氣輕易當選市議員，而且政績非常不錯，之後更成功連任兩次；不想卻在第三任內突然因為隱性心臟病去世，死時還未夠五十歲。

當年龍健一還只是個小學生，對這宗震撼全城的死亡事件，記憶很模糊。

正因為生命如此短促，林迦在籃球世界裡，成為人們心中不滅的傳說，無法超越。

「是的。」Ken回答阿雙哥：「感覺很特別。就像是看著……」

「永恆的東西。」阿雙哥為他說了出來。

Ken再次點頭。

「你應該很清楚林迦的歷程吧？」阿雙哥繼續說：「他在二十四歲時就初嘗總冠軍滋味，當時只是他第三個『Metro Ball』球季；可是之後很多年，他都無法再次攀登那高峰——不管打得多麼厲害，拿了多少次常規賽MVP，還是打不進總決賽。」

龍健一當然知道這段歷史。林迦在心、技、體都處於巔峰的那些年，雖然曾經奪得許多個人榮耀，打出過多場經典戰役，但長久都與總冠軍無緣；直至高峰的最末尾，也就是三十五、六歲那兩年，他轉投傳統強豪森川重工，才兩度成功稱霸。眼前這幅照片，正是該段時期拍攝的。

——而那亦是森川重工歷史性四連霸的後兩年。

「你想想：假如林迦在球員生涯裡，只得過一次總冠軍的話，他的歷史地位肯定跟現在相差很遠；只因為最後多戴了兩枚冠軍指環，他才配得上『霸王』這個稱號，才能夠成為傳奇。」阿雙哥說著時，仰望林迦的樣子：「就連他這麼厲害的球員，要進入『永恆』都這麼艱難。你呢？你有沒有這樣的信心？」

龍健一突然被這麼一問，不禁瞪大雙眼。

阿雙哥把棒球帽脫下來，撥撥有點油膩的亂髮，再把帽重新戴上。

「我幹了這行快三十年，經歷過球壇好幾個世代。每一個能夠晉身職業行列的球員，都是特別的。可是在這許多特別的人裡，真正有能力成為『傳奇』的，其實沒多少個；而他們當中，最終確實將自己的『傳奇』譜寫出來的人，更是少之又少。」

龍健一神情肅然。

雖然阿雙哥沒有明說，但他的意思很明顯：

在他眼中，龍健一具有這樣的潛質。

阿雙哥這時掃視著會場四周。龍健一也跟隨他看過去。

派對裡每樣佈置都完美而亮麗。燈光和音樂令人感覺溫暖又放鬆。四處飄溢著刺激人慾望的酒精與香水氣味。每個人看起來都很快樂。

一切，猶如夢境。

「這些鏡頭和鎂光燈，這許多仰慕的目光，這種夢幻般的生活……總有一天全部都會過去。」阿雙哥說：「我見過太多人，要等到那一天才發覺，自己浪費了生命裡的甚麼。」

他指指照片裡的林迦。

「他，一秒都沒有浪費。」

這句話令龍健一心弦震動。

他再次仰頭，看著存在於遙遠過去的林迦，默默思考著自己的未來。

阿雙哥把手裡只剩半杯的啤酒灌下肚，抹抹鬍鬚說：「這裡的生啤真不錯……我要過去再討一杯喝。Ken，你也是時候把女朋友找回來了，否則就要被人拐走啦！」

這顯然是為Ken找機會脫身。Ken向江伯勵等人點頭道別，最後對阿雙哥輕輕舉手示意感謝。阿雙哥卻已經走往吧檯那邊。

江伯勵看著Ken離開的背影，收起原有的笑容。

「Simon，我知道你在弄甚麼把戲。」

「What？我不知道你在說甚麼……」莫世聞裝作聽不明白。但是他很清楚，他想在本季中途把龍健一轉移去「都球」，在聯盟的知情者之間已經不是秘密。

這件事Simon已經進行了一半。「S＆Y」的律師團隊仔細研究過，龍健一要跳出南曜電機的球員合約並沒有甚麼困難，最多只是按比例退還初期簽約金的一部分而已——當然，這筆錢在轉隊後自會由新僱主代為償付。

剩下來的，就是選擇讓Ken加盟哪一支「都球」勁旅。

「我不會讓你這麼做的。」江伯勵的語氣很重，但是聲線不高，沒有被其他三人聽見：「這樣你們等於跳過了聯盟的選秀機制，立下很壞的先例。」

莫世聞失笑，湊近江伯勵說：「我不知道你這個說法從何而來……已經有至少四支『Metro Ball』球隊的律師研究過現有規定，全部都說沒問題！我不相信你們還能夠找出他們找不到的理據……而且呢，老江，你說得Ken好像佔了甚麼便宜似的，其實他不參加選秀，去了『AAA聯賽』打球，一樣在承擔風險啊。當初誰說得準，他會不會在『AAA』被埋沒呢？」

龍健一半年前如果循正途參與「都球」選秀，很大機會將是本季以頭簽當選的狀元，聯盟的管理層卻想不到，他會為了更高的即時薪酬去了「AAA」南曜電機隊落戶，江伯勵對此事本來就已深感不快；假如Ken再靠「半途換車」，變相自由選擇任何一支「都球」球隊加盟，也就是曲線迴避了選秀機制（註3），等於摑了聯盟大大一巴掌。

「這個漏洞，我們一定會堵塞。」江伯勵冷冷說。

「沒用的。」莫世聞的笑容不變：「律師們說了，聯盟要修改任何關於球員簽約的規例，都只可以等下一季才開始生效，今季的事情，你們管不著。」

江伯勵沒有回應。他身為「都球」副總裁，當然很清楚Simon說的都是事實。

「老江……」莫世聞搭著他的肩：「何必為難Ken呢？聽我說，他早晚也要降臨『Metro Ball』，並且註定要在聯盟裡掀起風暴。他只會令你們賺更多

---

③ **選秀機制**(Draft)，「都球」在每年休季夏天進行選秀(Draft)，按照上季常規賽成績排名，輪流選取新人，戰績越差的球隊，選人順位就越優先。被選上的新秀，只可與該隊簽訂首張球員合約（除非被交易出去）。

錢的啦。我在做的事情，只不過是修正之前一個小小的錯誤而已……」

龍健一擺脫了莫世聞和江伯勵那幾個人後，到處找胡又嫣，終於發現她所在。原來她並沒有跟別人交際，而是獨自在觀賞著場中央展示的鋼筆。他走過去跟她會合。

「對不起，把你丟下這麼久……」Ken抱歉說。

胡又嫣微笑搖頭，默默把手穿進Ken的臂彎。兩人繼續瀏覽著展品。

龍健一有點心不在焉，腦海裡仍然縈繞著阿雙哥剛才說過的話。

在這會場裡的一切，跟他從前的生活距離實在太遙遠。莫說是他出身成長的那個臭水溝般的陂島貧民區；就算是大半年前，當他還在聖道明大學打球時，除了獎學金和微薄的生活津貼之外，他為球隊付出的汗水完全沒有任何實質報酬，有時甚至要向家境充裕的隊友借錢，才能夠吃一頓飽。

——現在這杯雞尾酒的價錢，大概夠我以前吃三天飯……

即使已經脫貧好一段時日，Ken還是不會忘記今昔生活的巨大落差。唯一例外的，就只有在球場裡的時候。

只有打籃球，現在跟從前沒有差別。那種感覺，同樣地實在。

「我喜歡鋼筆呢。」胡又嫣突然說。她的聲音令龍健一回過神來。

「為甚麼？」Ken本來以為，這個展覽以運動作主題，會令胡又嫣覺得沉悶，想不到她卻很仔細地研究著那些鋼筆。

「它是你買了就能夠用一世的東西。甚至還可以傳給孩子呢。日本人叫它『萬年筆』。」

「這我倒沒聽過。」Ken有點不知道該如何應答。這女生認識的東西，比他想像中要多。

——還以為模特兒都只知道潮流跟吃喝玩樂……

「我做的事情，都是關於一些保鮮期很短的東西。」胡又嫣繼續解釋：「時裝啦，潮流啦，化妝品啦……價值都很快過期，然後大家又忙碌地推出另一季新產品。當然啦，我不是在抱怨，這些美麗的東西我都覺得很有趣，所以才會投身去當成自己的職業。不過就是因為日常已經被這些工作包圍，鋼筆這種不會過期的東西，對我特別有吸引力。」

「這麼說，跟我打球有點相像呢。」Ken回應她：「人們都只會記著你最近那幾場球打成怎樣，一旦表現變差了，他們就會把你之前的功績統統忘記，毫不留情地批判你；今晚的英雄，過幾晚就可能被當成小丑……」

他說著時，不禁想起方宙航的遭遇。

「只有冠軍，人們一定會記得。不管過了多久。所以對球員來說，贏冠軍才這麼重要。**冠軍就是你說的那支『萬年筆』。**」

他們相視而笑。兩人沒想過可以跟對方做這種深度的交流，有點喜出望外。

「Ken，你也來了！」一把聲音打斷他們的凝視。

那興奮高呼的男子，只比龍健一略矮些，身材卻更厚實，理著軍人般的短髮，曬成古銅色的臉在燈光下發亮，洋溢著豪邁氣息。

「混蛋，好久不見啊！」龍健一上前，跟這年輕男子來個戰士式握臂（Roman Handshake），再互相用力擁抱。

「怎麼學人留起鬍鬚啦？」Ken伸手摸摸男子唇上修整得漂亮的兩撇鬍，男子閃躲並撥開他的手，兩人就像小孩般嬉鬧扭打起來——這可是一對加起來超過500磅體重的「孩子」，站在附近的公關人員都嚇呆了，生怕他們會弄壞展覽品。

「好了好了！西裝都弄縐啦！」男子高叫著，Ken才停下手，搭著對方的肩向胡又嫣介紹：「他是……」

「『Metro Ball』的新秀狀元，我怎會不認得？」Cindy笑著搶先說。

周瓏泰，本季以頭簽當選的「都球」新人，加盟百達交通隊即馬上擔任正選大前鋒，目前得分和籃板球都是新秀之冠，僅僅幾個月就成為「Metro Ball」的冒起新星。

他比龍健一大一歲，在芳濟大學打了兩年才轉向職業。上個「甲組大學聯賽」球季，他們這對大前鋒的對決非常矚目：龍健一以多面技能優勝，周瓏泰則擁有強勁的力量和爆發速度，兩人的對戰被媒體戲稱為「雙龍會」。兩家學校最終在季後賽十六強淘汰戰遇上，Ken的個人表現雖然力壓對方，周瓏泰卻帶領芳濟擊敗了聖道明，並最終衝到全國季軍。

雖然在大學球場上是直接競爭的死敵，兩人卻私下成了朋友，尤其在入選大學生代表隊、一同集訓並出戰國際交流賽的兩個月期間，更大大增進了交情。

「我看見你最近連勝的新聞啦！」周瓏泰拍拍Ken胸口：「我卻還在習慣怎麼輸球……混蛋，如果你也參加選秀，進百達隊的人就是你啦……」

百達交通是上季「都球」戰績倒數第二的弱旅，因此才得到選秀首簽。球壇都一致相信，假如龍健一參與今屆選秀，新秀狀元就輪不到周瓏泰了。周瓏泰對這個說法毫不介意，還拿來跟Ken開玩笑。

他這種率直磊落的個性，正是Ken最欣賞的地方，因此才會跟他交好。不過Ken聽了之後始終有點不好意思，一時無法回應。

「今晚一定要好好喝幾杯！」周瓏泰大笑，對胡又嫣說：「待會我把這傢伙在代表隊集訓時所有的醜事都告訴你！來，過來這邊，別喝這些垃圾雞尾酒了，我們開了兩瓶好東西……」

說著周瓏泰就拉著Ken走向場邊一張桌子。胡又嫣跟在後面。

龍健一往那邊看，一眼就認出坐在桌後那三人：東海新聞的控衛任鎮武、KiNet隊小前鋒卓智雄和浩洋科技的大前鋒巴利．森馬斯，全都是現時「都球」隊伍的正選主力球員，雖然還未算頂級球星，卻是近年各自穩佔地位的年輕戰將。

Ken牽著胡又嫣，正要跟這三位職業球壇的小前輩打招呼，任鎮武卻搶先一步開口。

不是向著Ken，而是對周瓏泰說：

「喂……我這酒，不是開給『AAA』球員喝的啊。」

龍健一停住腳步。臉上原有的微笑消失了。

周瓏泰愕住，現出尷尬的表情。

「話不能這麼說……這傢伙最近好像很多報導呢。」卓智雄搭口，臉上掛著的卻是不懷好意的笑容：「我也搞不懂有甚麼值得大書特書。明明連夏美精工那種垃圾球隊也打不過嘛。」

Ken無法反駁半句。他們確實有資格這樣批評——夏美精工對南曜而言是強敵，對於他們「Metro Ball」球員來說，卻是上季任人魚肉的榜末爛隊，因為戰績最差，才會降落到「AAA聯賽」。

龍健一跟他們，彼此身處兩個不同的世界。

「我倒很羨慕啊。」森馬斯也加入揶揄的行列：「在那種層級的比賽裡打球，輕輕鬆鬆就賺到錢……哈哈，聽說他們每天都要等有正職的隊友下了班，才能夠開始練球……」

胡又嫣察覺Ken牽著她的手掌收緊了。雖然還未至於生痛，卻令她有些害怕：她直接感受到他壓抑在心裡的憤怒。

「別這樣嘛……」周瓏泰嘗試打圓場：「你們也許不清楚，Ken的實力，我敢保證是『Metro Ball』級數的……」

「那就等他來到『Metro Ball』再說。」任鎮武拿起高腳酒杯，朝Ken舉了舉：「我答應，到時候就開一瓶酒請他喝。」

「Ken，對不起，這些傢伙平時都喜歡這麼噴垃圾話……」周瓏泰焦急地對龍健一解釋，卻看見Ken投來一個「沒關係」的諒解眼神。

Ken再次冷冷看了任鎮武等三人一眼，沒說甚麼就牽著胡又嫣離開。

他們穿過人群，走到會場一角才停下來。

「對不起。」龍健一向胡又嫣說，語調盡量保持平和。

Cindy搖搖頭沒說甚麼。她很明白，這種時候對男人說安慰的話，反而會令對方心情更糟。

「不甘心嗎？」莫世聞趕過來了。剛才那一幕，他全都看在眼裡。

龍健一沒有回答。

「那就把尊嚴拿回來啊。」Simon繼續說，不管胡又嫣就在旁邊──他正是故意要在龍健一有女伴時說這番話：「只要你聽我說，按照我的安排去做，馬上就可以去打『Metro Ball』，讓那些傢伙見識你的實力。」

龍健一聽了，原本緊鎖的雙眉揚起來。

「Ken，我知道你並不太喜歡我這個人；我也知道自己的做事風格，確實容易惹球員討厭。」莫世聞苦笑：「不過這就是你需要我的原因啊。由我來處理所有令人厭惡的事情，用一切手段把你的市場價值抬到最高──這些正是我這個經理人的職責。有我這種人存在，你才可以專心去打球啊。相信我，我會為你抵擋外面那些煩惱。就像老爸保護兒子一樣。」

自小由母親獨力撫養的龍健一，聽見最後這一句，心坎裡某個軟處被擊中了。

「轉去『Metro Ball』的事情，請先讓我考慮一下。」他想了一會之後回答。「我先走了。」

莫世聞瞧著他跟胡又嫣走出大門的背影，不禁滿意地偷笑。

——聽剛才Ken的語氣，似乎對轉隊的事已經不再抗拒。太好了。

龍健一帶著胡又嫣，登上停泊在「Boundary 32」對面街道的跑車。

「我們接著要去哪裡？」這明明是氣氛糟糕的一晚，Cindy卻似乎沒半點生氣，用輕鬆的語氣問著。這也是為了安慰他的情緒。

Ken把頭靠在駕駛席座椅上，考慮了幾秒，最後決定還是對她坦誠。

「對不起。我有個地方想去。所以今晚……」

「沒關係的。」胡又嫣聽得出來，Ken現在根本就沒有繼續約會的心情。「還有一件事。其實今晚剛見面時，我就感覺出來：是有人叫你約我的吧？」

Ken臉紅了，一時語塞。

「那麼下一次，希望是你自己想找我。」胡又嫣看著前面車窗外的街道，帶點捉弄的意味說。

——這女孩很不簡單啊。

兩人再次對視笑笑，融化了車廂裡原本尷尬的氣氛。

把胡又嫣送回家後，龍健一駕車到達「聖美綜合病院」。

Ken每個星期都會來，護士和員工早就見慣這位高大的籃球員。因為是私營設施的關係，病人和親屬廿四小時都可以進來，特別這是全城最頂尖而昂貴的病院，名人、政客、明星等等趁著深夜時分才來探病或是預約診療，也都毫不稀奇。

「啊，今天穿得很帥嘛。約會嗎？」今晚負責監看三樓療養病棟的護士長程姑娘，看見Ken的打扮，不禁跟他開玩笑。「瑪利亞已經睡啦。」

「我不會弄醒她。只是想看她一會。」

程姑娘替Ken輕輕把房門打開。他用貓般的謹慎腳步慢慢走進去。

在微細的溫暖燈光底下，母親正在熟睡，呼吸非常均緩，瘦削的臉沒再像最嚴重那時候般緊皺，能夠在睡眠中完全放鬆。金髮還未完全恢復生長，仍然很稀疏，在燈光底下彷彿半透明。

即使是這種狀態，你還是能夠想像，這個女人健康時有多美。

龍健一很想撫摸母親的臉，最後還是忍住了。

他看了她一會，然後走到窗前，俯視下方黑夜裡寧靜無人的森林公園。

媽媽的病況已經脫離先前最危險的階段，正逐步邁入穩定。但是幾個月前並不是這樣的：一切都在未知當中，各種測試檢驗都在燒錢，醫生甚至確定不了哪種治療方法才有效。當時龍健一能夠做的，就是盡量預備最多的費用，為媽媽打這一場仗。於是價值最豐厚的南曜電機球員合約，成了他當時的選擇。

現在龍健一才終於有餘裕，去考慮自己的未來怎麼走。

可是他不知道，有誰可以信任。

不像別的孩子，從小到大他都沒有一個強而有力的父親臂彎可以依靠，早就學會要自己應付一切。

如今他的籃球生命，正面臨十分重要的抉擇關口。

但是他所身處的世界，已經比從前複雜得多，不是一個十九歲年輕人能夠輕易掌握。

就像此刻眼前窗外的夜景一樣，幽深而晦暗。

而他只有一次機會去走這條路。

龍健一回頭看著母親，心裡苦笑。

——長大，真是一件麻煩的事情呢。

牆上時鐘指針，已經越過十一點。

南曜隊練習場人去館空，原本充溢在空氣裡那股汗味和熱度也都消散。大半燈光熄掉後，球場和四周建築顯得格外老舊，讓人有一種時光倒流、彷彿回到1970年代的錯覺。

對於那個時代，Jerry當然全無感受——他的父母當時都還是嬰孩。

他只知道要盡快完成剩下的工作，忙於收拾球員用過的毛巾，準備拿去清洗。

終於板凳都清理好了，他停下來伸懶腰，打了個長長呵欠。

Jerry謝志寧只是兼職的球隊訓練員，本身是大學二年生，明天還得上早課。為了不要犧牲太多睡眠時間，他馬上又繼續幹活，將塞滿毛巾的大布袋搬起來。

這時他看見，板凳底下原來還卡著一顆籃球，剛才收拾的時候不小心漏掉了。他放下布袋，彎身把球挖出來，在手上拋來拋去把玩。

Jerry會來南曜隊工作，當然也喜歡打籃球，不過只是當興趣，遠遠不是運動員級數，在南曜隊裡即使是蘇順文都能夠輕鬆吊打他。

他一時興起，做了幾個胯下運球，幻想著自己怎樣單對單玩弄對手。這段日子南曜電機連戰連勝，用電玩來比喻的話就好像進入了「無敵狀態」，連帶他這個助理也變得情緒高漲。Jerry最初來兼職只是懷著嘗試心情，早就準備要是工作太辛苦就馬上辭職；現在他卻開始享受成為這支球隊的一員。

葉山隊長甚至說，自從Jerry來了之後，球隊6戰5勝，是贏球的吉祥物。

「記著，以後每場球，你都要繼續穿同一件衣服！這會帶來好運！」

球隊打贏泰安製麵廠那一夜，葉山虎這麼向Jerry下令。Jerry有點害怕這個大嘴巴的前輩，不敢不依從。

現在趁著夜深，球場四周都沒有人，Jerry不禁偷偷扮演起隊員來。

「好！33號謝志寧截到對方傳球！他一馬當先帶球，單騎快攻！」

Jerry一邊自言自語，運著球奔向籃框，想像自己跑得比郭佑達還要快，衝到禁區裡收球躍起。

籃球從繩網掉下後，Jerry朝著看不見的觀眾們高舉雙手，大叫：「他又得分了！謝志寧！南曜電機的王牌！」

有人突然拍了幾下手掌，嚇得Jerry馬上把雙臂放下。他看過去，一個身影站在舉重訓練室門前，腋下夾著發光的東西。

「我還以為是王迅，這個時候還沒回家！」衛菱失笑，拿回平板電腦走過來球場。

平日南曜隊練習留得最晚的，不是王迅就是葉山虎。不過這時他們亦早就淋浴更衣離去了。

「對不起！」Jerry縮起雙肩吐了吐舌頭，連忙把籃球拾起來，拋進放球的鐵籠車裡，推著車垂頭急急走開。

衛菱其實並沒在責怪他，反倒覺得球隊裡如果連訓練員都這麼有生氣，絕對是件好事。

她坐上場邊板凳，把平板放在大腿上，繼續埋頭繼續做筆記。

終於渡過最繁忙的聖誕新年時節，出席練習的南曜隊員又再恢復齊全，能夠做充分的戰術操練了，衛菱大大鬆了口氣。故此練習才剛結束，她就急不及待把觀察到的東西及各種聯想心得記下來，作為之後訓練方針的參考。

現在還剩下一場對宏福國際的比賽，南曜電機就與「ＡＡＡ聯賽」十五支敵隊全部對賽過，完成上半球季。之後將會有兩星期休息，讓各隊調整戰力及策劃補強。

「ＡＡＡ聯賽」的常規賽季是以簡單的雙循環制進行，全部十六隊在上、下兩半球季互相對戰一次，也就是每隊整季作賽三十場；完成之後就會計算各隊勝率，最高的四隊將進入季後賽，以單循環模式決出本屆「ＡＡＡ聯賽冠軍」，下季晉升上「都球」。

目前南曜隊的戰績是7勝7敗。衛菱當然很希望打贏上半季這最後一場球，以超過五成的勝率、挾著六連勝氣勢進入下半球季。

南曜電機雖然成功脫出了季初的泥沼，累積起不少信心，但是衛菱很清楚，球隊的狀況仍然不夠穩定，這個關頭絕對不可掉以輕心，否則過去一個多月辛苦建立的東西，隨時在一、兩場敗仗裡瓦解。

她讀著自己最近寫的筆記，構思要怎樣盡量運用手頭上每分戰力。

葉山虎在對艾利芳製衣那仗意外扭傷足踝，幸好傷得並不嚴重，現在已經無礙跑動，不過這足夠令衛菱擔心了好幾天。南曜隊雖然一次又一次順利贏球，但是整體戰力和人手其實並不充裕，尤其「跑陣」的正選五人，每一場的負擔都非常重。

稍後進入下半季，各隊更迫切爭逐出線，防守強度將會再上升，身體對抗必然比上半季更為激烈。衛菱預料球員可能有所折損，到時人手不足的弱點，將會大大暴露。

她盯著平板，用手指捏捏眉頭，顯得很苦惱。

「就是少了一個人……」

問題的癥結，仍然是持續缺席的方宙航。

衛菱不得不正視這個事實。身為教練，其實她有責任向南曜電機管理層提出來：馬上與方宙航解約，用騰出的薪金，聘請具有進攻能力的新球員加盟。

事實上她已在為這一步做準備。這幾個星期裡，衛菱一直努力調查球員市場，物色適合南曜隊的補強戰力，在自由身球員和較次級的「ＡＡ聯盟」選手之間，已經鎖定了五名人選。當中她的頭號目標，是正在「ＡＡ」球隊阿格斯食品效力的射手蕭騏，他具有不俗的三分球準繩與速度體能，很適合目前南曜隊的體系和風格，相信短時間就能夠融入；他的外線投射，亦正好是南曜隊最需要補強的地方。衛菱甚至已經策劃好，球隊羅致了蕭騏之後，可以怎樣變換各種陣容。

如今她非常擔心，若不及早向管理層建議把蕭騏買進來，隨時就會被其他「ＡＡＡ」球隊搶先一步。

但是情感上，衛菱始終無法開口。

——那是方宙航啊。我真的辦不到……

衛菱知道，假如走到這一步，就等於宣佈了方宙航籃球生涯的死刑。

——這樣吧……等打完這場球，結束上半季，我再做決定好了。

衛菱要記下來的東西都已經寫得差不多了。她大略重看一遍，確定沒有遺漏，並且都已經上傳到雲端，才鬆一口氣。

終於完成一天的工作，衛菱現在才感覺飢餓，看看時鐘原來已經過了十一點半。

每當到了這種時候，衛菱總會想起「滾滾來」的麻辣鍋香味。

已經好一段日子沒去了。

——自從最後一次跟王迅一起去……

如今身為助教，責任和壓力都大增，衛菱不再像以前那麼多空閒去想吃的事。她打算還是像昨晚一樣，回到家附近去便利商店買些速食品，簡簡單單解決就算了。

——許多以前想吃的東西，現在終於吃得起了，可是卻沒了那個心情。這真有點諷刺啊。

她本來已經準備收拾東西離開，可是一想起王迅，不禁又把平板打開，找到「球員觀察報告」的資料夾，開啟屬於王迅的那個文件檔。

這是自從進入南曜隊當訓練員開始，衛菱就自發做的事：定期對隊內每個球員做狀態及心理觀察，並且長期記錄。這是她從一本籃球教練指南書裡學到的，據說多數「都球」隊伍的教練團以至一些頂尖大學都會製作它，從中可以掌握隊員的狀態高低週期及心理強度，衛菱深信這些資訊能夠給球隊帶來優勢。

當然，人手資源充足的球隊，都會有專門助教負責這類工作；衛菱只得一個人，只能靠自己做。

——資源不夠別人多，就只好少睡幾個鐘頭。

只要是為了令球隊增強一點一滴，她都不惜付出。

衛菱瀏覽著王迅最近這個月來表現。雖然在敗給夏美精工，還有於「大象」餐廳見面之後，狀態曾經低落了一段時候，可是明顯很快就恢復了。擔任正選以來的五場勝仗，雖然個人數據並沒有很大提升，但衛菱清楚王迅在場上最重要的表現，都在數字呈現不到的無形因素上。他這幾場的防守打得非常出色。

——這太好了……我可不想成為令他一蹶不振的罪人啊。

對於王迅的感覺，衛菱心情是複雜的。到底自己對他的好感有多大？她也無法確定，只知道每次跟他一起吃飯時都很輕鬆，從不擔心自己難看的一面被他看見，也很容易就把自己的事情對他說。

——可是……這樣應該比較像朋友吧？

衛菱從前讀中學和大學時，曾經跟男生交往過三次，結果每次很短就結束，主要原因都是覺得很難讓對方了解自己。自己的夢想是甚麼，為甚麼要這麼努力——總是無法開口傳達。這麼執著勝利的女生，大概會令他們嫌太強悍吧？她心裡常常這麼想。

面對王迅，她卻很自然就把自己的籃球夢想說出口了。這絕不只因為王迅是籃球員。球隊裡無論是打球最厲害的Ken，或者是最糟的蘇順文，她都想像不到自己能夠對他們訴說同樣的話。

在王迅的觀察報告裡，附有一個聲音檔案。她打開來，一聽不禁莞爾。是上個星期，她透過電話訪問到王迅小學時訓導老師的錄音。

「那小子……就是愛蹺課去山上玩！」那位羅老師的聲音裡好像還帶著相隔多年的怒氣：「我們這裡的後山，每一寸都給他跑過了！有時候他玩夠了，就悄悄從二樓教室窗戶爬進來，裝作一直在上課，可明明一腳都是泥巴，給我罰的時候還在裝無辜！簡直就是頭野猴！」

老師一說到「野猴」，錄音裡傳來衛菱忍俊不禁的笑聲。現在她聽著同樣忍不住笑出來。

——我常常笑他像頭猴子，原來不是沒有根據的啊。

自從對夏美一戰後，衛菱察覺到王迅可能有著很獨特的潛力，一直都記在心上。早在南曜隊還未正式招募王迅之前，她已經讀過關於他的球探報告，但是他在明城商業大學四年的表現，並不足以解釋這未知的潛質是甚麼。衛菱覺得自己對王迅的了解並不足夠，於是這個月又花了好些時間尋找關於他早年的資料，甚至還用電話訪問了王迅少年時的幾個師長。

衛菱由此得知，王迅小時候是在鄉郊長大的，非常活躍，從小學時就經常在山林裡玩——甚至曾經不通知家人就自己偷偷在山裡露營了兩晚，在當地鬧出過新聞。初中讀的沙峽中學也是鄉鎮學校，直到升上了高中才開始過都市生活。

這樣衛菱明白了，為甚麼王迅長得這麼高大，還能夠保持有如後衛的靈活和速度：自小進行大量的山林活動，令他很早就培養出強健的核心軀幹力量及協調，一直受用到現在。

此外她從已經退休的沙峽中學溫教練口中，得知一個讓人意外的事實：王迅直到初中一年級的暑假前，都沒打過籃球；他只用了大約一年時間，就成為校隊的主將。

「這傢伙只要拚命起來，就像塊海綿。」溫教練在電話裡說出這樣的評語：「他呢，雖然樣子長這樣，可是蠻會用腦袋的。」

也就是說，王迅有著很強的學習吸收和模仿能力。

當然，溫教練可能有點誇大其詞；而且在一家學生不多的鄉下學校裡當上校隊主力，也不一定代表甚麼。

可是文件檔夾附了一幅圖片，拍攝著一張小小的剪報。那是八年前初中學界分區錦標賽的八強賽果，王迅的名字旁邊，清清楚楚標示著拿到24分。這種正式聯校大賽的實績，肯定是水準的證明。

把這個跟王迅高中和大學的球賽數據拼湊起來，衛菱大略了解他這些年走過的籃球路途。如今再次看這些資料，衛菱心頭有些興奮。即使還未確定，但王迅無疑是南曜電機裡最有可能大幅變化的X因素，說不定能夠令球隊力量上升到另一個層次。

「哈哈，你這傢伙……」衛菱低聲喃喃說。她自己也有點搞不清楚，花這麼多時間去了解王迅，是真的完全出於教練的需要嗎？是不是也帶有一點主觀願望？

在所有觀察報告裡，王迅的檔案內容可是其他球員的好幾倍啊。

——我會不會對他有點偏心了？……

「衛教練，你可以進來一下嗎？」

正當衛菱想著自己跟王迅的關係時，一把男聲突然打斷她思緒，嚇得她在板凳上微微跳了一下，急忙轉頭看過去。

這把聲音很蒼老，不是屬於Jerry的，而且是從辦公室那邊傳來。

是康明斯教練。他半邊身從辦公室的大門裡伸出，正看著衛菱。

本來正在清掃地板的Jerry，也不禁停了手，愕然看著老教練。他和衛菱都以為，這種時刻老人家早就回家睡覺了，想不到竟然還留在辦公室。

「是！」衛菱拿起平板，匆匆走過去。她無法猜測康明斯為甚麼要喚她過去；更令人訝異的是，這是他第一次用「教練」來稱呼她。

衛菱跟隨康明斯，走進他的私人辦公房。她很少來這裡，過去康明斯對她有甚麼指示，多數都直接走到外面，在她辦公桌前說話。

——因為向來都沒有甚麼重任，非要關起門來說不可。

這裡比外面的大辦公室整潔得多，寫字桌上沒有甚麼雜物，文件都分門別類疊放得很整齊。牆邊有個小書架，塞滿關於籃球的各種書籍，衛菱一直都很想借來看，但始終不敢向教練開口，她每次進來都會盯著那一排排書脊。

衛菱還沒坐下，康明斯就從文件櫃裡抽出一部手寫筆記本，放到桌面上，揚一揚下巴示意她看。

她拿起來，好奇地看著封面，上面有一行端正字體，只寫著「THIRD」一個英文字。

——是「第三」的意思。衛菱猜想，這應該是代表康明斯帶領南曜隊的第三個球季，也就是這一季吧？

她把筆記本揭開來。內裡密密麻麻寫滿了對現役南曜球員的強弱分析和感想，也有龍健一和王迅兩個新人的預想評估報告，後面則是各種戰術的繪圖及

描述。雖然寫得非常密，但字體仍然保持方正又清晰，一看就知道是老派人的筆跡，而且每頁書寫分隔得甚有條理，又用各種顏色筆做標記，全部附有編寫日期，簡直可以直接印成手冊，派發給隊員參考。

衛菱一時還不太明白，康明斯為甚麼要給她看這部筆記；直至翻到其中一頁，驀然映入眼中的，是一個戰術的陣容和打法。

這正正就是衛菱構想的「跑陣」。

她匆匆翻看那幾頁，裡面包括陣法的構思、球員特性如何利用、戰術的細節變化……等等，跟衛菱自己寫的筆記內容，竟有七成以上相近。她驚訝得說不出話來。

再看看開始記下這戰術的日期，是在開季之前。

也就是說，康明斯比衛菱更早，就策劃出現今帶來南曜隊勝利的陣式。

——手寫的筆記，當然有可能事後填補和揑造日期。但是衛菱不相信，老教練會做這種無聊的事。

「教練，這是……？」衛菱不解地看著康明斯。

「放心，我並不是想向你示威。」康明斯坐下來：「剛好相反，你能夠靠自己構想到這個地步，而且切實地指揮實行出來，帶領球隊獲勝，我認為實在非常傑出。我要承認，以前一直忽視你的建議，是太看輕你了。」

衛菱作夢也沒想過，教練會這樣跟她說話。

「我想問的是……」她的語氣非常謹慎：「既然教練你早就有這些想法，為甚麼一直沒有執行？」

「你翻到下一頁看看。」康明斯指指筆記本。

衛菱翻過去，看見紙頁上用較大的字體寫著「方宙航」，並且有紅色的筆跡反覆不斷繞著這三個字打圈。從痕跡裡，她感受到握筆人的心情有多掙扎。

「我從前根本就沒打算要當南曜隊的教練。」康明斯說：「四年前，我已經準備退休了。」

衛菱聽了非常驚訝。

「因為一個老朋友的請求，才把我拉回來籃球世界。」康明斯歎了口氣，又繼續說：「那個人，就是白凌石。」

衛菱的眼睛瞪得更大。她當然知道，白凌石是南曜電機企業的創辦人，現任總裁白曦樺的老爸。

「我跟白凌石相識超過三十年，當然是因為籃球。那傢伙除了做生意的時候外，簡直就是個籃球狂。這麼多年，他曾經許多次邀請我來南曜隊為他執教，可是我一直都拒絕，因為我很珍惜跟他的友誼，不希望兩人之間增加一層利益權力的關係，必然會有不愉快的結果。可是到了最後，我還是無法拒絕他。」

「是因為他生病嗎？」衛菱問。白淩石患上失智症並不是甚麼秘密，幾年前就是城裡的大新聞。

康明斯點點頭：「當時他已經無法繼續管理公司，對許多事情的記憶和認知，更變得越來越淡。只有籃球，仍然牢牢留在他心裡。也許因為這是他年輕時的夢想吧——哈哈，他常常跟我說，自己要不是書讀得太好，一定會當上職業籃球員。」

白淩石是電子工程系畢業的天才，十六歲就進大學，廿四歲拿到博士學位，但卻沒有留在學術圈，而去了做生意，靠自己一個人改良推出幾種電子小產品起家，最終建立了南曜電機。

康明斯說到往事時，露出溫暖的笑容。衛菱從來沒有見過嚴肅的教練會這樣笑。他一提到老朋友，就像變了另一個人。

「白淩石是個生命中充滿能量的男人。他年輕時的模樣，跟林霄那傢伙差不多。」康明斯皺起泛白的雙眉：「看著這樣的老友，逐漸變得無法跟四周世界溝通，那種哀傷，恐怕很難讓你們年輕人完全明白……而他心裡，漸漸只剩下籃球。那是他心靈唯一仍然打開的窗口。我還怎麼拒絕他？」

衛菱點點頭。現在她終於知道了：為甚麼經常顯得疲累又缺乏魄力的老教練，仍然勉強自己坐在這個位置。他根本沒有甚麼還需要證明。

「可是這跟方宙航有甚麼關係？」她指著筆記本上那三個字問。

「方宙航是白淩石最喜愛的籃球員。」康明斯回答：「他再次請求我當教練，正是因為那一年，南曜隊簽來了方宙航。」

這對白淩石來說，其實是件很矛盾的事情：能夠羅致方宙航，對他來說就等於得到心儀已久的寶物；可要不是方宙航早已酗酒墮落，又不可能流落到來「ＡＡＡ」級別的南曜隊。白淩石心目中這件至寶，已然損耗褪色，失卻從前的光輝。

「他請我當教練，主要不是想我帶領南曜隊贏得甚麼。」康明斯靠在椅背上，仰起頭半閉眼睛：「而是希望我能夠幫助方宙航重新振作。方宙航幾乎已經被身邊所有人放棄，南曜隊就是他最後的機會，這是白淩石簽下他的原因，也是白淩石找我的原因——根本沒有一個正常的教練，會願意做這種事情。」

衛菱聽完，很多事情都恍然大悟。

她再次看看筆記本上那個被紅筆圈著的名字。

康明斯很清楚，若是執行這個「跑陣」，體能已經大大衰退的方宙航，必定要被降為後備球員。他不敢肯定，方宙航那僅餘的自信，還受不受得起這麼大的衝擊。

衛菱現在終於明白，康明斯為甚麼一直都對方宙航如此寬容。

「這幾年為了朋友的心願，我把球隊勝負放在第二位。即使得到龍健一這麼有才華的新人，我都沒有心力去培養，也為了保住方宙航的地位，而犧牲試用王迅的機會；明知自己精神大不如前，已經力不從心，從前的弟子又沒有半個願意過來幫忙，卻還是不肯退下……」康明斯語中帶著羞愧。「我是個不稱職的教練。」

他睜開眼睛，直視衛菱。

「可是我並不後悔。**人生有許多事情，比籃球更重要。**」

聽見教練這句話，衛菱很是感觸。

她又再想起王迅。

想起與他在「大象」餐廳說話時，他那副落寞的表情。

想起從前在「滾滾來」，與王迅在蒸氣瀰漫的飯桌前暢談的時光……

她搖了搖頭。現在不是想這些的時候。

「教練……為甚麼要告訴我？」

「因為這些事情，現在已經不重要了。」康明斯語氣沉重地說：「我失敗了。方宙航應該不會再回來的了。那麼我就要為球隊的未來打算。餘下球季，我正式交給你。現在開始，你擁有球隊全部的調度權力。這一季結束後，不管球隊成績如何，我都會退休。」

這些話令衛菱深受震撼。

「從另一個角度說，我也是在對你請求。」康明斯繼續說：「名義上請讓我當完這季的南曜隊主教練，給我這個老頭可以體面地下台。」

衛菱吃了一驚，正焦急要回話，康明斯卻揮手止住她。

「甚麼都不必說。只回答我好不好。」

衛菱緊緊抿著嘴巴，點了點頭。

「很好。」康明斯微笑：「其他都不必怎麼處理了。這部筆記本你留著，看看會不會帶來甚麼啟發。隊員其實都已經把你當作實際上的教練，球隊不會有甚麼過渡問題。開除方宙航的事，你隨時決定，不用怕，我會替你向管理層提出。物色新球員方面，你就放膽去選，我挑了幾個，待會把名單電郵給你，你不必按著去決定，參考一下就好。記著，**你現在就是南曜隊的主教練。**」

他從辦公桌的抽屜裡翻出幾件私人物品，連同手提電腦塞進公事包。

「以後除了比賽之外，我應該會減少回來。我不在時，這房間就隨便你使用。」他指指那個小書架：「這些書送給你。我以後都用不著了。」

向來不善交際的康明斯，伸出手來跟衛菱匆匆一握，也就拿起公事包離開。

衛菱心潮無比激動，轉身瞧著門外康明斯的背影，呼吸變得急促，把那部筆記本緊緊抱在胸前。

指揮整支南曜電機隊的重擔，從今晚開始，就要由她一個人完全負上。

從前衛菱總覺得，康明斯是令她無法向前走的障礙；現在一個人站在教練辦公室裡，她卻像突然被人遺棄在黑夜的山峰上，孤獨而害怕。

但是她很清楚，這是邁向夢想必要跨過的一關。

她絕不退縮。

3

「上啊！」

王迅把毛巾舉在頭上不斷揮舞轉圈，從場邊高呼。

正要越過中場線的蘇順文，似乎真的被這股打氣聲提升了能量，跨出比平日更大的步幅。

在南曜隊裡雖然是板凳最末座的後備，但他好歹也曾經是高中田徑校隊的短跑選手，唯有衝刺速度這一項從不服輸。

後面的對手已然無法追上他，面前只剩下無人防守的籃框。

石群超揮動粗壯的手臂，把籃球往前甩出去，飛墮向蘇順文前方。

——要接住它！要接住它！

蘇順文心底裡無比緊張。全場所有目光都聚焦在他身上。他奮力保持著速度和平衡，仰頭追蹤從後飛過來的籃球，估算它落下的軌跡，伸出右手——

球被手掌穩穩撈住了。

蘇順文集中心神，往前拍球一下、收球、跨步跳起。這只是最簡單的帶球上籃動作，所有從小受正統訓練的籃球員，想都不用想就能夠自然做出來。可是蘇順文欠缺那種練到筋骨裡的籃球根底。對他來說，在場上做任何工作，都是一次失誤的可能，必定要非常、非常地專心謹慎。

人躍到半空，蘇順文小心地將球端向籃框，好像捧著一件珍貴易碎的東西。

球順利擦過籃板，墮進框裡。

板凳區的南曜隊員發出喧鬧歡呼，就像在祝賀甚麼大節慶一樣。蘇順文回防時，朝他們振振拳頭示意。

「拿了8分啦！」王迅雙手指著這個同事兼隊友，盡情高聲叫喊，聲音已經帶點沙啞。

另一邊，身穿白球衣的宏福國際隊員，帶著沮喪又不忿的神情開球。

——這些討厭傢伙，到底要叫嚣到甚麼時候？……

比賽時間只餘最後02:12。連同蘇順文這次快攻得手，南曜保持著領先23分的絕對優勢。

其實球賽早在第三節末段就分出勝負，關星陽的一記三分球，令南曜領前30分，宏福當即宣佈投降，開始全數派出板凳球員。有的現場觀眾已經提早離去。

在這種無關痛癢的垃圾時間，南曜隊員卻仍然情緒高漲，不斷為場上的後備隊友打氣，尤其是難得有這麼多上陣時間的蘇順文和東尼·迪森，這兩個不是以專門球員身分入隊的同伴，得到的鼓勵格外熱烈。

南曜球員情緒如此亢奮，還有另外一個原因：打完這場比賽後，他們就取得七連勝，而且勝率將跨越.500界線，正式擺脫開季之初的敗犬惡名。

今場蘇順文打得特別出色。雖然面對的也只是宏福的大後備，而且對方已經了無戰意，但是他今晚表現出的攻守活力，明顯超越過去任何一場，而得到8分更是他在南曜隊三年半以來的個人新高。

「守住這球！」蘇順文回到後場，大聲向隊友呼喊，集中精神盯著接近過來的對手。

他還未至於因為多進幾球就沖昏了頭腦，心裡還是很清楚，自己的表現跟球隊勝負其實無關。可是此刻站在場上，蘇順文確實感受到自己的進步，無論是快攻速度、防守判斷和體能耐力，都比從前提高不少。這顯然是因為球隊內部的氣氛改變，他也隨著用心操練而獲得的成果。

在實際比賽裡，感受著自己跑得更快更有力，這股喜悅，是如此地美妙。

——我開始明白，王迅為甚麼這麼喜歡籃球了。

加入南曜隊許久，蘇順文今天才第一次真正享受著比賽的分秒。他多麼希望，這第四節永遠都不要結束。

可是現實的時鐘還是不停跳動。球賽結束的笛聲終於響起。

跟宏福球員握手，並且向球迷和打氣員工致謝後，南曜隊員回到更衣室還在繼續興奮慶祝。只有陳競羽和呂劍郎沒加入。陳競羽今晚狀態不太好，4投1中只得2分，明顯手風不順，衛菱也就沒怎麼給他上陣時間。此刻他只是坐在一旁脫球鞋，冷冷瞧著隊友。呂劍郎看見好友這副模樣，也陪他靜靜坐著。

「很好！」衛菱拍拍手掌，笑著向眾人說：「我們今天的表現非常出色！大家都各自把崗位做好了，所以才這麼輕鬆地一起贏球。要記住這種感覺！」

她指著郭佑達：「阿達今晚拿到10次助攻，是本季新高！幹得好！」

眾人一拳拳擂在郭佑達胸口和肩頭，他大笑著左閃右避。

從前郭佑達打球時，總是想著自己的數據得失，畏首畏尾；這段日子他終於放開胸懷去打，以球隊勝負為重，卻反倒提升了個人表現，每場的平均助攻數字增加了超過2次。

更重要是，現在這種打球方式，令郭佑達感覺遠比從前快樂。

籃球就是這麼神奇：為別人犧牲，反而會得到更多。

「還有阿文。」衛菱指向蘇順文：「你的努力成果，今晚都表現出來了！」

王迅興奮地摟著蘇順文的頸，大力在搖他。其他人則不斷撥弄他那本來梳得整齊的頭髮。

就連默默站在衛菱後面的康明斯教練，看見這情景都不禁微笑。

「另外，有一個剛剛得到的消息。」衛菱繼續說：「『AAA』上半季比賽今晚全部結束了，計算過勝率後，我們跟金河酒業隊，並列在第六位！」

葉山虎和王迅聽了，一起振臂高呼。

「第六啊！也就是說，要打進季後賽四強，只差兩個位置！」葉山虎豎起兩隻手指大叫。

隊友們聽到這個成績，又再紛紛互相擊掌。

關星陽笑著時，內心卻比較冷靜，不似葉山虎那麼興奮。南曜隊上半季成績是8勝7負，勝率只不過僅僅.533，卻也能夠進佔第六，也就是說多數勝仗都集中在頭幾支球隊手裡。南曜隊上次雖然有險勝第三位強隊拉美雷斯的實績，可是要靠僅餘下半季那十五場比賽追上去，並不是表面般輕鬆。

龍健一的笑容也有些保留。他心裡很清楚：南曜電機雖然現在氣勢強勁，但是戰力人手非常緊張，隨時任何一個重要隊員受傷或者狀態不佳，都會造成很大影響。

——少了方宙航，我們其實每場都在讓對手……

不過下半季的事情，還是留待之後再擔心吧。今晚他們要先好好享受勝利。

「OK！」衛菱再次拍拍手，吸引眾人注意：「接下來就是兩個星期的休季。我會調整一下練習量，讓大家得到充分休息。但練球還是會繼續！特別是要上班的傢伙，我開給你們的自主訓練餐單，一定要每天做完，絕對不可以躲懶！身體狀態要是保持得不好，再開季時就很容易受傷！明白嗎？」

眾人點頭應和，眼神跟表情都顯露出對衛菱的高度信任。

「教練。」衛菱站開一步，轉向康明斯：「你有甚麼要跟他們說？」

隊員們聽見都靜下來，面向老教練。

康明斯乾咳一聲，掃視眾人投來的目光。

「假如沒有球隊，我們只是一個個拚命把球塞進鐵框的人。」

他瞧著這些以身穿南曜球衣為榮的男人說。

心裡想著的，卻是不在場那個人。

「有球隊，才是真正在打籃球。」

●●◎●●

康明斯和衛菱離去後，更衣室的氣氛仍然高漲。南曜隊員即使已經淋浴更衣完畢，還是不願離開，繼續在歡談玩鬧。甚至連平日只把打球當成上班、不管勝負都會準時回家的外援梅耶斯，這天也破例留下來，與王迅聊著剛才的戰況。

仍赤著上身的蘇順文，表現得格外興奮，在隊友之間打轉，大談自己在場上得分的經歷，越說越大聲，跟他平日在公司裡那副拘謹模樣相比，好像變了另一個人。

這時他正搭著郭佑達的肩，大聲談論剛才自己怎麼拚命跑快攻。

坐在旁邊穿襪子的陳競羽，越聽越不耐煩，終於忍不住大聲說：「喂，你不是真的以為自己很厲害吧？」

蘇順文聽見，頓時靜了下來，回頭看著陳競羽，卻無法反駁。他今晚拿那8分，對比賽勝負確實沒有很大意義。

「阿羽，你這是怎麼啦？」郭佑達看不過眼，替蘇順文回話。

「你也是一樣。贏幾場球又如何？以為很有意思嗎？」陳競羽站起來：「這只是『AAA』的比賽呀！」

「我們要是打贏這個球季，就會升上『Metro Ball』。」蘇順文反駁說。

在另一邊聽見爭執聲的王迅，馬上走過來，站到蘇順文身邊：「對啊！大家都在團結贏球！你到底想說甚麼？」

陳競羽看看四周。眾多隊友都在盯著他。他翻翻白眼大聲歎息，把憋著很久的話說出來。

「對對對，贏了就升上『Metro Ball』……那麼請問，除了Ken之外，你們裡面誰真的有打『Metro Ball』的實力？」陳競羽逐一指指他們：「我說的是全職球員呀！你嗎？你嗎？」

郭佑達憤怒地撥開陳競羽的手指：「那又怎麼樣？」

「怎麼樣？」陳競羽冷笑：「你是白癡嗎？如果南曜隊真的升上『Metro Ball』，你覺得自己還能夠留在球隊麼？不可能吧？**我們這麼盡力去幫球隊贏球，不正正就是令自己失去球隊嗎？**」

眾人靜默。

陳競羽說的，完全是事實。

就連關星陽和葉山虎兩位隊長，也無法反駁他。其實他們先前也有想過這事情，只是那時候冠軍仍然很遙遠，也就擱下沒想；但是經過這輪氣勢如虹的連勝，加上龍健一的超卓才能完全綻放，這個可能，似乎正越來越接近。

王迅很不服氣，想對陳競羽說些甚麼，但始終找不到話。

南曜隊員間原來愉快的氣氛，就這麼驀然凍結了。

「我說的只是事實。」陳競羽穿上鞋，把餘下衣服雜物匆匆塞進背包。

「你們不喜歡聽，我也沒辦法。我其實跟你們一樣，都喜歡打籃球。**留在南曜隊裡打籃球。**」

他說完就拿起背包離開。跟他最要好的呂劍郎也趕忙收拾物品，追著走出去。

陳競羽離開了好一會，眾人卻仍然靜默地梳洗穿衣，沒有再交談半句。

●　●　◉　●　●

球隊休息了已經一星期。說是「休息」，其實只是沒有比賽，並且把每週例行練球減到四課而已，他們還是得經常流汗。

可是這種程度的減量，已經令王迅感到不安，自行增加了體能鍛鍊。今天是星期六不用上班，王迅早上去完「XST學院」做進攻技術的特訓後，還是意猶未盡，黃昏時又相約梅耶斯一起去海濱公園跑步。

王迅是刻意找他的。

南曜隊先發正選五人裡，外援梅耶斯雖然很專業地配合著新「跑陣」，但明顯是投入程度最低的一個，打球時所表現的熱度，始終不如王迅、葉山虎或是龍健一，甚至連郭佑達也早就改變態度，比梅耶斯還要積極。

王迅想私下試試看，能不能把梅耶斯跟大家的關係拉近一些。

對於寄居在這座城市的年輕外籍人士來說，週六晚是上夜店狂歡、沉浸在音樂酒色的日子。想不到梅耶斯卻一口答應了跑步的邀約，令王迅有點意外。

跑到公園噴泉終點時，已經接近晚上七點半。一月末的天氣仍然寒冷，渾身是汗的王迅，頭頂濕髮微微冒著白煙，開始做舒緩伸展。

梅耶斯看起來卻跟王迅一樣輕鬆，正在來回揮臂踱步，把剛剛跑完10公里的身體放鬆。他比王迅大了七歲，身材又高壯一大截，可是體能耐力保持得不比王迅差。

果然是全職的啊，王迅心想。

「把頭髮擦乾，不要著涼了。」梅耶斯笑著把毛巾拋給王迅。

兩人完成伸展後，在噴泉旁的收費儲物櫃取回乾爽衣服換上，也就一起去吃晚飯。雖然已經換了衣服，畢竟還是透著汗臭，不太方便上正式餐廳，他們也就光顧一家賣墨西哥速食的半露天小店。餓透的王迅點了一盤鋪滿芝士碎的肉豆飯；梅耶斯則捧著一大碗蔬菜沙拉回來，連同四顆煮熟的蛋和一瓶混合鮮果汁。

梅耶斯吃著蛋時，瞧瞧王迅的食物，皺眉搖頭：「Hey man……你要吃好一點呀。不要仗著年輕。」

「你很注重身體嘛。」王迅用叉指一指梅耶斯的沙拉。他現在明白了，為甚麼梅耶斯週末晚都沒有去夜店廝混。

「當然啦。」梅耶斯張開嘴巴大笑，兩排牙齒十分潔白。他拍拍胸口：「This body of mine，可是我的重要資本啊。」

他一面吃著，把手機掏出來，從裡面找出自己的營養餐單，傳了給王迅作參考。之後他又繼續在手機裡翻找照片，把其中一幅展示給王迅看。

「這是我剛剛在Jersey City郊區買的屋子。前面停的跑車和機車，都是我的。Ain't them nice?」梅耶斯翻過另一張照片：「My ladies。」

王迅看見，大衛的妻子是個漂亮的金髮白人，看起來仍然很年輕。他們的兩個混血女兒都只有幾歲大，可愛之餘相貌十分獨特。

照片裡的車跟兩層大屋，一看就知道不便宜。看來梅耶斯的妻女在那邊過得非常寫意。

「許多人以為，美國籃球員只要打不進NBA就完蛋了。才不呢。只要夠勤快，we make good money。」梅耶斯笑著伸出兩隻手指磨擦，做出象徵鈔票的手勢。

南曜電機並非梅耶斯目前唯一效力的球隊。每年這邊球季一結束，其他地區例如東南亞、澳洲甚至中東國家，就有新的職業球季展開，在經理人安排下，他會再飛過去賺另一份球酬。

「我們這些『浪人』，一整年幾乎都在不停打球，完全沒有休季這回事，不好好保養身體怎麼行？」梅耶斯說時，瞧著手機裡的家人照片，露出愛惜又掛念的眼神：「但也因為這樣，我陪伴她們的日子真的很不夠……可是為了給她們好生活，沒辦法啊。」

平日在隊裡，大衛．梅耶斯給人的印象只是個沉默寡言的大塊頭，除了自己的個人數據外，對其他事情漠不關心。大家都視他為球隊的過客（雖然梅耶斯已經連續第二年在南曜效力），球場外很少會跟他交流。想不到私底下的他，原來竟如此健談，王迅頗感意外。

王迅停了吃飯，瞧著梅耶斯的臉。他自己常常埋怨打球和練習時間不夠；而此刻坐在眼前的，就是個100%靠打球吃飯、全年無休的傢伙，王迅本來應該非常羨慕。可是梅耶斯談話的語氣裡，卻明顯帶著一股深重的倦意。

「你喜歡現在做的事情嗎？」王迅試探著問：**「還喜歡籃球嗎？」**

梅耶斯被這麼一問有點愕然。他咀嚼著蔬菜，思考了一會。

「我當然喜歡籃球呀。籃球實在給了我太多東西。要不是有籃球，我不會讀到大學；大概還在老家的貧民區裡，幹著些低三下四的工作；當然也不會結識到這麼漂亮的老婆。」說到最後，他又露齒大笑。

「我的意思是……你現在打籃球快樂嗎？」

聽見王迅這麼問，梅耶斯的笑容收起來，陷入更深的沉思。

「Well……」他喝了口果汁，輕輕發出歎息。「年輕的時候當然喜歡得不得了。但是不管多喜歡，不斷地做，做了這麼久，而且變成為生活而必需做的事……雖然還未至於厭倦，可是總不可能十足地維持當初的熱情啊。總之，現在籃球對我來說，就是工作。A nice job。」

王迅無言看著梅耶斯。

能夠靠打籃球為生，一直是王迅的夢想；但是他絕不想變成梅耶斯這樣。

梅耶斯看出王迅有些失望，也就再次笑起來：「不過最近跟你們打球，確實比先前快樂啊。不只是因為開始贏球，也因為過程打得很爽快。哈哈，尤其是你跟葉山那副投入的模樣，讓我看得很開心。這陣子，實在令我有點像回到少年時打街球的歲月呢。」

王迅聽見梅耶斯這麼說才感寬懷。可是他隨即想起另一件事，眉頭再次糾結。

「說起球隊……那天陳競羽講的事，你還記得嗎？你怎麼想？」

梅耶斯點點頭，表示明白王迅想講甚麼。

「其實他說的事情，我早就習慣了。」他把半顆雞蛋嚼碎，吞下之後說：「不習慣也不行。你知道這些年，我打過多少支球隊嗎？十三隊。你知道我最短在一支球隊裡留了多久嗎？一個星期。只打了一場球，他們就覺得不合適，把我裁掉了。雖然我有拿到預付的薪金，之後也很快找到另一個國家的球隊落腳，心裡卻還是很不忿氣。」

「可是商業球隊就是這樣的啊。一起贏球，或者拿座冠軍，當然很美妙；隊友之間互相鼓勵支持，也不是虛假的。但同時這確實是一盤生意，裡面每個人都有飯碗要顧。It's business, not personal.管理層的人如果因為對球員心軟而沒有顧好職責，到頭來倒楣的就變成自己。球員也是一樣。你看我，為甚麼每場球都這麼緊張自己的統計數據？因為對我這樣的『傭兵』來說，數據就會換算成身價；每場平均多拿少拿幾個籃板球，也許就會影響我女兒將來讀得起怎樣的大學。你說，我能夠不緊張嗎？」

一心只思考著如何贏球的王迅，對於這些事情，從來沒有想得這麼仔細。他只能默默聆聽。

「陳競羽沒有說錯。」梅耶斯繼續說：「假如我們真的贏到冠軍，就等於把自己趕出球隊。我也是一樣。南曜隊如果升上『Metro Ball』，那個外援席位，一定輪不到我，到時他們只會找個更厲害更年輕的傢伙。不過我倒是沒甚麼所謂，哈哈，只不過再換另一個job而已。」

雖然梅耶斯說對於南曜隊升級「沒所謂」，但也不見得很熱衷要贏球。這正正就是王迅擔心的事情。

梅耶斯張開大嘴巴，將剩下的蔬菜掃光，再喝完果汁。「我快要三十歲了。大概再打個三、四年左右就夠。三十五歲之前就退役，很不錯吧？之後我可以天天陪老婆和女兒，在老家搞些小生意之類……對了，剛才你問我，現在打籃球快不快樂？我想，也許等到那時候，我就會懂得懷念現在的一切。」

他說話的表情很輕鬆，顯然已經把往後的人生都計劃好。

王迅想著梅耶斯的話，默默地一口接一口吃飯。過了好一會他才再次發問。

「籃球對於你，就真的只是工作嗎？」

「甚麼意思？」梅耶斯皺眉。

「你說再打三、四年，球員生涯就要結束。」王迅說：「之後你回頭看，假如自己這些年除了定期收到一張張支票之外，甚麼也沒有，不會覺得遺憾嗎？」

梅耶斯聽了，一時語塞。

「我不是說，拿個『AAA聯賽』冠軍，有甚麼了不起。」王迅繼續說：「如果跟你老家美國的籃球相比，更算不上甚麼重要榮譽。不過那仍然會是很棒的回憶啊。」

「這個回憶，不會變成大屋，不會變成跑車，不會變成你女兒的教育基

金……可是那些東西，也一樣換不到這個回憶。」

「一群人，彼此為大家付出，一起達成一個目標。打籃球，本來不就是這麼一回事嗎？」

梅耶斯聽完王迅的話，默默思考了好一輪。王迅不知道他在想甚麼，是不是因為突然被個年輕一大截的新人教訓而生氣，只好也沉默下來，垂頭把飯吃完。

突然，梅耶斯把拳頭伸向王迅。

王迅不知道這代表甚麼意思，仍然舉拳跟他碰了一下。

「你在學校球隊裡，有當過隊長嗎？」梅耶斯問。

王迅覺得他問得很奇怪，搖搖頭：「從來沒有。」

——他在沙峽中學雖然是三年級最突出的主將，不過因為入隊資歷較短，所以教練把隊長一職委任了給別的隊員。

「可是我看你很適合當隊長嘛。說話這麼有說服力。」梅耶斯再次笑了：「就像那次練習，你突然挺身走出來，指揮大家怎樣改變陣容。明明你是球隊裡最沒地位的新人，可是當時不知怎地，大家都聽你說的去做。要不是有那次改變，我們球隊現在大概還在連續輸球呢。」

王迅傻笑著搔搔辮髮。

這麼看，梅耶斯已經被說動了。王迅心裡暗地跟自己說了一聲「Yeah！」

「不過我們要贏這個冠軍，可不容易呢……」梅耶斯抓著下巴短鬚又說：「至少，還差一個人……」

王迅當然知道，他說的那個人是誰。

他們晚上都沒有其他事情做，也就繼續坐在那家小店外閒聊。梅耶斯告訴王迅關於美國籃球的各種事情，那邊貧民區的街頭球場是怎樣的生態，王迅聽得津津有味。他們再買了兩杯黑咖啡，就這樣坐著談天。

王迅拿著咖啡紙杯，突然呆住了，好像想到甚麼。

「怎麼了？」梅耶斯問。

「剛才你不是說過：最近球隊的改變，令你像是回到少年時，很享受純粹打球的樂趣嗎？」

「是啊……那又怎樣？」

「然後你又說，我這個人說話很有說服力，對吧？」

梅耶斯捂著眼睛：「God……你好煩人呀！可以快點說嗎？」

「我想到一個方法，也許能夠令我們贏冠軍。」王迅神秘地笑起來：「不過需要你幫忙。」

「要我做甚麼？」梅耶斯的好奇心被他挑起了。

王迅沒有回答，反而問：

「你知道方宙航住在哪裡嗎？」

4

方宙航作了個夢。

在無邊黑暗裡，他的雙手，拿著一團發光的物事。

最初他以為，那是一顆籃球。

——他人生裡最熟悉、也曾經最重要的東西。

可是感覺不太對。它並不是圓形的，而且觸感比籃球柔軟許多。

方宙航垂頭看看。

是個小嬰孩。

他慌忙把掌握的力量放柔，小心翼翼地將嬰兒抱在臂彎裡。他伸手撫摸孩子的臉，想看清楚到底長甚麼模樣，是男孩還是女孩。

可是嬰兒散發著強烈的光芒，令方宙航無法直視。他瞇著眼，始終看不清楚。

「對啊。是你的孩子。」

幽暗裡，有個女人告訴方宙航。

他四處張看，卻分辨不到妻子的聲音來自黑暗何方。

方宙航很懷念這把聲音。楊黛雪的聲線仍然是那麼美妙，就跟她在電視或銀幕上演戲唱歌時沒有分別。

——不。她真正的聲音，還要更溫柔。

——從前，只有我一個人可以聽到。

「對呢。你連是兒子還是女兒，都不知道吧？」楊黛雪繼續說，話音裡混雜著冷酷與哀愁：「你從來不知道。以後也不會知道。」

——雪，不要這樣。

方宙航感覺到，懷抱中的嬰孩突然變得越來越輕，發出的光芒也漸漸黯淡，就像隨時都要被風吹走。

他想把孩子抱緊，但又害怕太用力，會把那脆弱細小的身軀弄碎。

他只能眼看孩子在自己懷裡，一點一點地消失。

他不知道，自己到底是先被陽光還是聲音弄醒。

腰背的感覺很硬，底下並不是柔軟的床褥。方宙航雙眼睜開一線。陽光十分猛烈，不是在室內。

接著他聽清楚了，那傳來的響聲是甚麼。

一種他自小就熟悉無比的聲音：皮球拍落在地上。

方宙航揉揉眼睛，撐著地坐起來。

視力慢慢恢復後，他終於確定自己睡在甚麼地方：一座公園的戶外籃球場中央。

到底是怎麼回事？方宙航全無頭緒。他忘記自己昨晚到底在哪家店喝酒，甚麼時候離開，之後又去了哪裡……統統都沒有印象。

唯一能夠肯定的是：他是獨自一個去喝的。

這個月來都一樣。除了便利商店店員或酒保，方宙航這段日子裡沒有跟任何人交流過。手機早就關掉，不知塞到哪個角落；當天蘇順文上門來找他去比賽時，他躺在家中醉得不省人事。

方宙航爬起來。身上是多天沒更換過的西裝，腳上卻踏著拖鞋。幸好外頭還套了一件皮大衣，否則在這種天氣下露天席地而睡，肯定要病倒。

他打了個大呵欠，抓抓亂草般的捲髮，隔夜的宿醉還沒全消。

「他醒過來啦！」

球場裡那幾個正在玩耍的男孩，呼叫著跑過來。方宙航看看，每個都已經滿頭大汗。他們個子都不高，看起來最多只得十一、二歲，大概是小學生或者初中生。

「現在……幾點鐘……」方宙航皺著臉問，聲音帶點沙啞。

男孩們卻不理會他的提問，只管拉扯著他，走向一邊籃框。

「來呀，叔叔！一起打！」他們興高采烈地說，七手八腳把方宙航的皮衣脫下，掛在籃球架上，把他拉到罰球線前站好。

其中一個男孩拿著顆殘舊的籃球，朝球場外大聲高叫：「好！現在開始了！」好像向著看不見的觀眾宣佈。

「我為甚麼要跟你們……」方宙航喃喃說時，男孩卻已經在他面前展開進攻，左右交替運球，玩著擅長的花式。

他的手法還不太純熟，好幾次籃球幾乎從指尖間溜掉。他卻絲毫不以為意，以挑戰的表情朝著方宙航接近。

——這小屁孩想幹甚麼？……

男孩用一招胯下運球，從方宙航左邊穿過去。方宙航根本動也不動，連防守姿勢都沒擺，只是站著目送男孩越過。男孩帶球躍起上籃，進了後興奮得揮拳高叫，那副神情彷彿投進「都球」總決賽的致勝一擊。

「換我！」另一個身材比較高大的孩子，急忙把球撿起來，照樣走到方宙航面前準備單挑。「我來啦！」這高個男孩的運球比剛才那個還要差，可是方宙航照樣沒有反應，男孩就像帶球繞過木柱，也是起跳上籃。第一次失手了，他自己撿到籃板球再補中，然後又是興奮地慶祝。

幾個男孩就這樣，輪番向方宙航單挑進攻。方宙航根本不明白他們在幹甚麼，可是聽著這歡笑聲，腦袋變得比先前清醒了。

「喂……」方宙航終於忍不住開口，問下一個挑戰他的孩子：「你們認得我是誰嗎？」

男孩們相視一眼，各自聳聳肩表示不知道，看樣子並不像在說謊。

方宙航原本還懷疑，他們是因為看過他最近被昆霆折辱的網上影片，所以故意拿他開玩笑，但現在看來似乎跟那回事無關。

——即使是從前「Metro Ball」威震一方的「戰神」，他們這種年紀的小孩，根本就不會認識。更何況方宙航臉上，蓋住個多月沒刮的鬍鬚。

男孩們仍然繼續輪流單打切過方宙航，再輕鬆取分。方宙航按捺不住大叫：「你們還要玩到甚麼時候——」

「夠了！夠了！」

一個高大身影從球場旁的樹叢後面走出來，制止了孩子。他後面還跟著個身材更高的人。

是王迅和梅耶斯。他們手裡都拿著冒出蒸氣的熱咖啡。

方宙航臉色鐵青，盯著走近過來的這兩個隊友。

「哥哥，我進了五球！五十塊！」一個男孩跑向王迅攤開手掌。其他四人也一一圍過來跟王迅要錢。

「是你們搞鬼嗎？」方宙航臉上溢著怒意，質問王迅。

王迅拿出錢包，掏鈔票付給孩子，同時朝方宙航歎氣。

「唉……真是失敗。」

●　●　◉　●　●

三人並肩坐在球場邊的長椅上。方宙航手裡，拿著王迅為他買來的熱咖啡。

「是我出的主意。」王迅傻笑，又做出招牌的搔辮髮動作。

「我早就說過，這個方法，no good。」梅耶斯說完呷了口咖啡。

事實是他們昨晚就在方宙航的公寓樓下「埋伏」，跟蹤他到附近酒吧；一直等到凌晨四時多，醉倒的方宙航被酒保扔出門口，兩人趁機把他抬上梅耶斯的車，待到天亮後，再偷偷將他放在公園球場中央。

「這是甚麼意思？」方宙航怒問。

「讓那些小鬼跟你打球呀。」王迅好像理所當然地回答：「我跟他們說，誰能夠在你面前進一球，我就給他十塊。可是你根本不防守……再這麼下去，我可要破產了！」

「我是問……」方宙航的聲音變得更嚴厲：「你花這麼多工夫作弄我，想得到甚麼？」

「這傻瓜說……」梅耶斯插口：「要讓你記起最初打籃球的樂趣。他想令你醒過來呀。」

方宙航聽了，頓感錯愕。

「可惜完全失敗了……」王迅瞇著眼歎息：「那些臭小鬼！」

「不要多管閒事！」方宙航說時嘴唇在顫抖：「別人的問題，你覺得自己很了解嗎？跟你有關係嗎？」

王迅進入南曜隊這麼久，此刻是偶像方宙航跟他說最多話的一次，卻全部都是責備。他感覺很難受，只好閉上嘴巴。

「喂，你可以說他不了解你的問題，但不可以說與他無關。」梅耶斯忍不住又再插嘴，這次帶著些怒氣：「你的事情，就是球隊的事情，跟每個隊員都有關。即使是最嫩的菜鳥，也不例外。」

「哈哈……」方宙航轉向梅耶斯，冷笑著揶揄：「平日只看自己數據打球的『傭兵』，怎麼突然說起『球隊』這個字眼來了？」

梅耶斯毫不退讓：「至少我每次練習和每場比賽都出席，沒有一聲不響就捨棄隊友。」

「那麼我退隊可以了吧？」方宙航站起來：「你們就不會再煩我吧？」

梅耶斯一時語塞，卻無法反駁，只能緩緩搖頭。

事實確是這樣：方宙航要是決定退隊，大家就再沒有任何關係，他們確實不能再對他說甚麼。

「不如我們決鬥，好不好？One on one！我贏了，你就回來球隊！」王迅好像完全沒把方宙航的話聽進耳朵，堅持說：「不鬥球的話，比其他也行！罰球好不好？三分球？灌籃？還是單純比誰跑得快？」

「甚麼決鬥？」方宙航失笑：「你以為這是熱血漫畫嗎？用遊戲來決定事情？又不是小孩子！」

「喂！」梅耶斯也站了起來。他比方宙航高出整整一個頭，貼近過來時，方宙航的上方就像蓋著片烏雲：「你笑誰都可以，就是不可以笑這小子。」

「為甚麼？」方宙航冷冷反問。

梅耶斯伸出大手掌，抓抓王迅那顆為了模仿方宙航而編的玉米辮子頭。

「因為你是這傢伙的偶像。」他說：「你知道外面多少人已經放棄了你嗎？但是他沒有，還在想辦法令你回來球隊。」

「我又沒求他……」方宙航仍然嘴硬。

可是他瞧著王迅的臉，無法不回想南曜對夏美那一夜，在幾乎反敗為勝的時段裡，王迅那副拚命作戰的模樣：防守昆霆時的無比專注，發出求勝吶喊時的強烈氣勢，輸球一刻的激動懊悔……

當天，方宙航在場邊目睹一切，心靈深受撼動。

如今梅耶斯提起來，方宙航才終於明白：

王迅這股打球激情，是跟從前的自己學來的。

方宙航沒再說下去，慢慢坐回長凳上。他看著仍在球場裡玩鬧的孩子，默默喝下開始變冷的咖啡。

平日每當這種心緒紛亂的時候，他總對酒精格外渴求。可是今早，從球場上醒過來直到現在，他竟然沒有想過要喝酒。

梅耶斯的情緒也平復了，重新坐下來。

「你剛才說甚麼『小孩子』，甚麼『遊戲』……」梅耶斯指指球場上正在大笑追逐著籃球的男孩：「沒錯啊。**It's just a game.** 籃球本來就沒那麼複雜，只是個遊戲而已。就算我們靠這玩意吃飯，也沒有分別。」

「籃球，到最後只有兩個選擇：玩，還是不玩。」

方宙航聽了，不禁看著梅耶斯。

他們兩人在南曜隊一起打球的日子不算短，但是今天交談的字數，已然超過從前的總和。是甚麼令這個一向只顧自己的外國人，突然變得這麼多話？

似乎只得一個原因：就是此刻坐在長凳另一邊的王迅。

不知不覺間，王迅原來為整支球隊帶來了這麼多改變。

「我的事情，你們又不清楚——」方宙航還是無法放下自我保護，再次反駁說。

梅耶斯打斷他：「Look，我不是要批判你。我是在新澤西的貧民區長大的——就連打籃球都會踩到毒品針筒那種地方。相信我，我很清楚甚麼叫『痛苦』。每個人都有他的故事。你的故事我不想過問。你以後要不要戒酒，我也管不著。」

「我們只是想你回來打球。就這樣而已。」

方宙航聽了垂下頭來，盯著手裡的紙杯。

已經很久沒有人這麼坦率跟他說話了。

王迅這時才再次開口。

「我明白你這段日子為甚麼不想打球。你覺得，假如自己不再是從前那個『戰神』方宙航，就甚麼都不是。」王迅說時有點喘氣。要跟崇拜多年的對象說這種話，需要不小的勇氣。「可是其實只有你自己這麼想。球隊裡很多人都知道，你仍然有你的價值。你應該讓我們幫助你。問題只在你自己的腦袋裡。」

他把這些想說很久的話都吐出後，瞧著方宙航，期待著反應。

方宙航卻像平日球場上那個冷血殺手，沒有流露出任何表情。他仰頭一口氣將餘下的冷咖啡灌下，就像喝酒一樣。乾了之後，他把紙杯捏成一團，隨手拋到八、九呎外的廢紙筒裡。當然又是精準的一投。

他站起來，沒看兩人一眼就離開。球場上那幾個男孩向他揮手道別，他也沒有理會。

王迅凝視著方宙航漸遠的背影，向梅耶斯說：「謝謝。幸好有你在。剛才你說得真好。成熟的『社會人』，果真不一樣。」

梅耶斯張大嘴巴，打了個呵欠回應。為了執行王迅這個「拯救方宙航計劃」，他們整夜都沒睡，現在疲倦極了。

「你覺得他會回來嗎？」王迅又問。

梅耶斯聳聳寬壯的雙肩。

「不管Yes or No，我們很快就有答案。至少球隊會知道，之後要怎麼向前走。」

方宙航終於回到公寓，把一身髒得已帶酸餿氣息的衣服脱光，走進了浴室。

淋過熱水浴後，才感覺稍稍恢復生氣。很奇怪，直到此刻，他竟然還沒有生起喝酒的念頭。平時這種情況，他回家第一件事必定不是去淋浴，而是打開冰箱。

他伸手抹抹蒙著蒸氣的盥洗鏡，看著裡面神情落魄的自己。

在左邊胸口上，那顆五角星刺青，墨色依舊鮮明。

這是他人生第一個紋身。是剛剛高中畢業，已經決定要去當職業球員時刺的。那時他還沒有拿到第一份球員合約的酬勞，所以只是上一家很普通的店，光顧了一位沒有名氣的刺青師。因為沒多少錢，所以只選了這個普通圖案。

現在方宙航看著它，卻回想起當年那位刺青師，在完成時説過的話。

「這是傳統航海圖的北極星。從前許多水手都會刺它。」刺青師為方宙航抹清血跡時説。「**把這個刺在心胸，象徵你以後的人生都不會迷失，在困難中一定能夠找到方向。**」

方宙航摸摸這顆星，凝視著它許久。
然後拿起剃刀。

RUNNING GAME

Chapter 9
第九章

靈魂
SOUL

1

「他出來了！」

在球館觀眾席最前排，幾十個方宙航的忠心球迷緊繃著臉低呼，一起盯著更衣室走道的出口。

他們提早整整兩個小時就到來「北區市立體育館」排隊入場，一進來就佔據著最接近球場中線也最好的幾排座位，之後心情一直緊張得坐不住。每個人都穿上同樣的、印有書法字體「心魂」的白色應援T-shirt，款式跟多年前方宙航剛冒起那時的球迷會官方Tee無異，是他們特別為今晚來觀賽而重新趕製的。

三天前，他們就從網路上得到消息：

方宙航已經歸隊，今天的比賽確定要上場。

看著身穿傳統藍戰衣的南曜隊員，逐一從球場東側廊道出現，這些球迷神情肅穆，努力在人群裡尋找偶像的身影。

——只要一刻還沒看見他，都無法確定消息真假……

今天是星期六，南曜隊的「上班族球員」都休假，因此全隊集合在一起上場。

終於，就在大衛·梅耶斯的高壯身影後面。熟悉的那個人，現身了。

方宙航今天的樣子跟以前很不一樣。原本鳥窩般的亂髮全部梳理好，整齊地收束在後面，額上戴了一條白色運動頭帶，滄桑的鬍鬚也仔細修刮過，只留著唇上和下巴薄薄一層，感覺比從前乾淨清爽了許多。因為整理過鬚髮，他的臉孔輪廓重新突顯出來，好像把身體時鐘回撥了兩年，連眼神也似乎變得比從前清澈。

看見方宙航的外貌變化，擁護者們並沒有表現得特別興奮，心情仍無法放鬆。他們一個個坐下來，靜靜凝視著偶像。

過去許多年，方宙航的球迷實在經歷過太多次失望，多得他們不敢把未來想得太美好。即使方宙航這副打扮，似乎透露出改變的決心，他們還是無法樂觀。

上次遭受昆霆的侮辱，繼而被全城奚落、惡搞和嘲笑，是方宙航籃球人生裡絕大的打擊；就算他鼓起勇氣重踏球場，是否還能夠保持從前那種銳利與自信？

失蹤的這段日子，他到底在幹甚麼？

他真是心甘情願回來打球的嗎？還是只為了拿到球酬支票，迫不得已繼續披甲上陣？⋯⋯

球迷心裡實在有太多這些疑慮。

一切很快就揭曉。

南曜隊員在場上四散，開始跑動暖身和做各種投球練習。方宙航穿著球隊外套與長褲，頸項裹著毛巾，獨自站在場邊一角，只在練習運球。

他的拍球動作依舊輕鬆，皮球就如往昔般，跟他雙掌十指彷彿連繫著無形絲線，完全聽他的使喚。

守候在場邊的記者遠比平日的「ＡＡＡ」比賽多，特別有不少來自網路媒體，這時都特意把鏡頭對準方宙航。上次方宙航被擊敗的事在網上轟動瘋傳，傳媒自然不會錯過後續報導的機會。

這些記者佔大半都不是做體育版面的，只為追逐熱門話題而來。他們用鏡頭和眼睛緊盯著方宙航，暗中都在期待方宙航會再度出醜，為他們帶來另一波點擊潮。

今晚方宙航承受的壓力，將是他穿著南曜球衣以來最沉重的一次。

他沒有看向那些記者，似乎把他們當作不存在，繼續一個人在左右交替運球，眼睛瞧著前方空空的地板，單調的動作猶如進入禪定。

另外半邊球場上，身穿繡有「飛鳥」二字白色戰衣的對手，早就展開暖身，看見南曜隊進場時沒有任何緊張的反應。

——又不是沒贏過他們……

今晚是南曜電機下半季首戰，馬上就是一場硬仗：對手是目前「ＡＡＡ聯賽」排行第二、僅次夏美精工的另一強豪飛鳥快運。

雙方早在季初就碰過頭，當時南曜大敗31分，是本季輸得最慘不忍睹的一場。

飛鳥快運這球隊非常年輕，成軍只是第五年，前年剛剛從「ＡＡ聯賽」晉升上來。隨著近年網購盛行，他們母公司的規模及營業額大幅增長，故此能毫不吝嗇地向球隊投入資源，是夏美精工以外，另一支銳意要向「都球」進發的上游勁旅。

「我們是第一流的企業，當然也要擁有第一流的籃球隊！」

飛鳥快運本季初狠狠擊敗了「ＡＡＡ聯賽」裡同行企業明欣速遞的球隊後，總裁彭國燊格外志得意滿，在籃球雜誌訪問中說出了這等豪言壯語。

不過今天在這場館，飛鳥快運的廣告卻完全被Realer的《死靈戰隊》遊戲宣傳品淹沒。按照上次林霄所計劃，Realer請來兩個cosplayer女孩，裝扮成遊戲裡的性感太空女海盜與吸血鬼劍士，趁比賽還沒開始，繞場到處與觀眾互動，還大派遊戲道具點數卡，令場內氣氛十分熱鬧。

林霄因為正在東京公幹，今晚無法親自到場，但他收到衛菱的短訊。

「這場球一定要看。我當初答應你改革的那支南曜隊，也許就在這晚完全實現。」

於是林霄提早結束會議，趕回位於六本木的飯店房間。隨行下屬早就用電腦接駁好房裡的大型電視，把球賽的網路直播開出來，還準備好壽司和預熱的清酒。

「好！就打一場好球給我看！」林霄脫去外套，坐在沙發上摩拳擦掌，顯得非常期待。

他一邊咀嚼生魚片，眼睛盯著電視。鏡頭正對準暖身中的飛鳥隊員，他們魚貫做帶球上籃的練習。

「雖然我還不太懂……但對手看來似乎蠻厲害的？」林霄喃喃問。過去他對籃球接近零知識，自從最近開始迷上，一有空就猛啃球賽影片和籃球相關書籍，剛開始摸出一點頭緒。

「是的。」身邊下屬查看手機，再確定一次後回答他：「飛鳥快運，上半季跟夏美精工對戰那場，僅僅輸2分。」

南曜隊板凳後方的觀眾席上，葉山娜娜如常坐在員工打氣團之間。今天她穿著一件寬大的南曜隊藍戰衣，內裡襯著白色運動背心，再配熱褲和球帽，打扮得非常可愛。

「娜娜，你這麼穿，不怕惹怒哥哥嗎？」一個經常在球場碰面、跟她相熟的南曜女社員，笑著指指她胸口。

娜娜身上的球衣，並非屬於兄長葉山虎的10號，而是7號。

「今天是例外的。」娜娜雙眉一揚，神情嚴肅地回答：「今天穿方宙航，哥哥不會生氣。」

女社員明白了，收起笑容點點頭。

在他們跟前不遠處，衛菱正在默默觀察飛鳥球員的狀態。只見他們每人跑動和起跳上籃，雙腿輕巧得像裝了彈簧，動作間透現出像在自家客廳打球般的自信。

飛鳥快運是冒升甚快的球隊，幾年間一直過關斬將，不知失敗為何物。這股銳氣是他們精神上的一大優勢。

經過衛菱改革的南曜隊，今晚即將首次完整上場，面對的卻是如此強敵，她心裡知道將是非常嚴峻的考驗。一想及此，胃囊又緊縮起來了。

「相信你的球隊吧。」

坐在她身後的康明斯彷彿擁有透視眼，看穿了衛菱的心緒。

「何況你不必緊張啊。就算輸球，在別人眼中也是由我輸掉的，不是你這個『助教』。」

衛菱回頭對康明斯微笑，感覺胃痛舒緩了一點。這位老教練，對球場上發生的一切竟是如此敏感。衛菱再次覺得，自己從前實在太過輕視他的累積功力。

圍著球籃練投的南曜隊員裡，包括了一副新臉孔，是個穿著11號球衣的年輕傢伙，身材高瘦，站在三分線外，接過球一記接一記地投進。他就是南曜隊補進的生力軍、從「AA聯賽」阿格斯食品隊挖來的前鋒蕭騏。

雖然方宙航已經歸隊，衛菱仍然希望能夠加強球隊的外線火力，於是照樣向管理層提出增兵要求。林霄對於南曜隊爭冠非常熱衷，二話不說就增撥了Realer的廣告贊助額，讓衛菱及時羅致蕭騏。

——先前康明斯教練給衛菱的增援建議名單，蕭騏的名字亦在上面。兩人不約而同都看上他，更確定就是最合適的選擇。

然而這麼一來，南曜隊登記能上陣的球員就得擠掉一人。而這人無可避免，是大後備蘇順文。

蘇順文穿著球隊外套，站在籃底下為隊友撿球。王迅接過他的傳球，一時沒有投出去，帶點難過地瞧著這位同事兼朋友。

這個人事調動在幾天前已經決定，可是直到現在，王迅心裡還是像塞了塊石頭。

王迅很清楚：蘇順文雖然最初只是被公司徵召入隊來湊人數，心底還是十分喜歡籃球的，上次比賽更剛剛打出個人歷來最佳表現。

——我盡力把方宙航帶回球隊，卻等於把阿文擠了下去……

可是沒辦法，球隊就是這麼回事，最終還是要講究實力。

蘇順文失落了出賽席位，難免令南曜隊裡的「上班族球員」，回想起陳競羽那番說話。

——我們這麼盡力去幫球隊贏球，不正正就是令自己失去球隊嗎？……

倒是蘇順文本人，並沒有表現得太難過。

「至少我也打了一場好球，算是這些年努力的總結。」他還倒過來開解王迅：「而且我仍然是隊員啊。就算沒機會上場，平日跟大家練球，也是一種貢獻吧？就像在公司裡，假如每個人都只做相同的事情，就變得無法運作了。」

此刻場上的蘇順文，連撿球和傳球都很認真投入，每次看見隊友投中就拍手鼓勵。對於角色的轉變，他半點也不以為意。

王迅用力搖了搖頭，揮去多餘的思慮，為即將開始的戰鬥重新集中心神。

當南曜隊先發五人上場時，球館裡過千現場觀眾都訝異地議論起來，交織成一片巨大聲浪。

他們看見：方宙航仍然坐著。

擔任後備球員，是方宙航自從八歲開始的籃球生涯裡，首次發生的事情。

就連對面飛鳥快運的教練馬鼎明和眾球員也大感意外。馬鼎明遠遠盯著康明斯和衛菱，心裡想：「你們在搞甚麼鬼？」

眾多目光的焦點，全都落在坐著折椅的方宙航上。

他那群死忠球迷，有的不敢相信地捂著嘴巴，其他則憤怒皺眉，覺得偶像的地位受到貶損。

方宙航並未像平日那樣用大毛巾蓋頭，而是繼續穿著外套安靜坐著，沒有流露出半絲表情。

場邊許多並非運動媒體的記者，這時都心裡竊喜。單是這件事就足以炒起八卦話題了，他們急忙發出報導，加上許多現場觀眾將消息貼上社交網路，不夠兩分鐘，已經引發海量回應。

「大概上次被昆霆step over之後，他再也沒有先發的信心啦。」

「哈哈，『戰神』傳奇正式完蛋了。」

「MVP坐板凳，難得一見的奇景啊。」

「你們這些笑他的，連替他提鞋的資格都沒有！」
「本來就是個被老婆拋棄的酒鬼嘛。」
「根本是球隊毒瘤。永遠贏不到冠軍。」
「聽說他好像快要破產了？」

兩隊準備跳球。原本負責防守方宙航的飛鳥球員，是曾經打過「都球」的宿將森田雅人。這時他有點迷惘，瞧向教練請求指示。站在旁邊的葉山虎冷笑。

「怎麼了？你要防守的人在這裡呀。好好看著。」葉山虎戴起護目鏡，咧著牙齒：「上次南曜隊輸給你們，完全是因為沒了我。今天就讓你們看見分別。」

心情本就有點亂的森田，聽到葉山虎這些話，眼神閃出惱怒。葉山虎見了，知道心理戰已經產生效果。

龍健一看見暗笑。他很慶幸，像葉山虎這麼令人生氣的傢伙，不是在別的球隊裡。

今天梅耶斯比以往格外專注，跳球的時機恰到好處，指尖將球準確挑了給郭佑達。

南曜電機的高速跑陣，再次展開。

黝黑的軀體，激烈碰撞在一起，炸出火花般的汗珠。

「吼～～！」梅耶斯像雄獅般吼叫，仰頭注視著飛向鐵框的球，一邊預測籃球最有可能反彈的方向，一邊跟飛鳥隊的黑人中鋒艾恩．詹美遜（Ian Jamison）在籃底下互相推擠。

這不只是力量的對決。怎樣最有效運用身體，給予對手最大壓力，寸土不讓的同時又不斷侵佔對方領域，當中存在著許多細微技巧。

梅耶斯十三歲就被教練認定是內線球員的材料，此後多年來都在無間斷地鍛鍊及累積技能；上高中後，他發現跟自己擁有相近身體條件、而且同樣努力的球員大有人在，每個都想在籃底下吃掉彼此，禁區內就如一片殘酷的叢林。這更驅使梅耶斯展開了好幾年地獄般的猛練。

——這是我脫貧的唯一出路。多摘或少摘一個半個籃板球，隨時就會決定我的人生。

越是打得好，籃球的樂趣就變得越淡。根本沒有多想其他的餘暇。打球對梅耶斯來說，只是一種價值交換：合約薪酬、個人數據、身體保養、職業年期……

可是今天的他有點不一樣。相比以往在南曜隊任何一戰，梅耶斯的精神前所未有地集中。

連對手詹美遜也有點愕然：怎麼這傢伙跟上次比賽時好像變不一樣了？明明只是相隔幾個月！

梅耶斯在籃下爭得稍微有利的空間。這已經足夠。盯著彈出的球，他在最適當時機，背靠詹美遜借力躍起——這麼力度適當的靠撞，令詹美遜無法跟他同時搶跳。梅耶斯在空中將球單手撈住。

「Ken！」爭到這顆進攻籃板球，他一著地就順勢扔給站在罰球線的龍健一。

龍健一接到，即時順勢跳投出手。皮球趕及在第一節完結鳴笛之前離開指尖，穿進了籃框。

「Yeah!」梅耶斯再次大叫，上前猛力跟Ken擊掌。

隊友們都很奇怪：梅耶斯這場球，一開始就展現出以往沒有的激情。

「好棒！」王迅也上前來，跟梅耶斯胸口相碰。

記分板打著21-16。南曜憑著這球稍微擴大優勢。這跟季初首次對賽、第一節就落後給飛鳥隊12分的慘況，簡直是天壤之別。

飛鳥球員回到板凳休息區，並未顯得沮喪。他們畢竟是勝率超過七成的強隊，而且球賽才剛剛開始，沒甚麼好緊張的。

何況馬鼎明的賽前策略，大致已經執行成功了。

南曜隊近期氣勢如此旺盛，馬鼎明當然特地研究了他們的影片，並且針對南曜「跑陣」想出對策。飛鳥一開始的目標，是要壓制著不讓南曜順利展開速度，因此他們第一個集中箝制的對象是控球後衛郭佑達。

飛鳥快運是一支以強硬防守為主要殺著的球隊。除了森田雅人外，隊裡另一位前「都球」球員馬浩仁亦是防守好手，一向有「壞孩子」的名聲。馬浩仁是馬鼎明的兒子，雖然已快將三十歲，仍具有在「Metro Ball」立足的實力，他是特意為了幫助父親執教的球隊升級，而犧牲自己一年生涯，自願來「AAA」打球。

馬浩仁、森田再加上鎮守籃下的詹美遜，這個三人鐵壁連線，就是飛鳥隊的主力武器，經常把球賽壓於低得分取勝，在球迷眼中也許不悅目，效率卻非常高。

馬鼎明在第一節施展出壓迫控衛的策略，最初確實令南曜有些措手不及。郭佑達的身材比較單薄，球賽剛開始時又未進入狀態，受到這種挾帶粗野動作的防禦，連把球輸送過半場都有點困難。龍健一最初兩次出手，都是在24秒進攻時限前勉強投出，兩球皆失。

但是衛菱很快就做出應對，指示王迅在後場配合郭佑達，變成雙控球後衛。這是他們在季中休息期間練習的新陣式。

王迅的運球和護球技術本來已經不錯——畢竟他從少年時代就崇拜和學習方宙航，而且近期在「XST學院」接受過技術修正，控球能力有了進步。他的身材比郭佑達高壯，較能夠抵受飛鳥球員的體力壓迫，有他接應郭佑達，南曜隊的輸送才恢復速度，龍健一也就得到較多空間，攻擊重新變得銳利。

但是帶領南曜隊在第一節領先的真正英雄，卻是大衛．梅耶斯。他展現出前所未見的氣勢，在籃下多次壓倒比自己年輕三歲、身材稍高1吋的詹美遜，整節奪下3次進攻籃板球，一球自己灌進，兩球傳出去給龍健一得分，包括剛剛那壓哨一擊。目前南曜領先這5分，可說全都是梅耶斯搶來的。

——隊友們不知道，梅耶斯今晚表現得這麼生猛，全因為受過王迅的激勵。

「幹得好！」關星陽率先從板凳站起，跟回來的隊員一一擊掌。他知道以飛鳥快運的防守力，自己今天的上陣時間必然不多。但他毫不介意，還馬上將王迅拉到一邊說話。

「我見對方的後衛，傾向這麼做……」關星陽伸手朝球場指點比劃：「你在後場時，嘗試向這邊再站後一些，就更容易支援阿達。拿到球，可以向這裡突破，又或者在越過中線之前，先留意前頭的Ken或者葉山，看看有沒有長傳給他們的機會，直接破壞對方防線……」

相比平日淡定寡言，關星陽此際說話很急促，好像恨不得要將自己擔任控球後衛多年累積的智慧全都掏出來，統統塞進王迅腦袋裡。王迅聽著不停點頭，勉力記憶消化。

第二節即將開始的笛聲響起。馬鼎明神情鎮定，朝飛鳥隊員說：「還有許多時間。相信我們的防守。只要四節全都守好，對方總會有軟弱犯錯的時候；到時狠狠咬下去，勝利就屬於我們！」他說完就把這節要上場的球員送出去。

衛菱一直注視對方板凳區，確定馬鼎明派出的大半都是後備二軍，也就回頭瞧向方宙航。

方宙航一直都在等待衛菱的指示。他站起來，把外套脫下。

眾人期待的場面，即將出現。

席上方宙航的球迷，激烈揮舞寫著「全心全魂」四字的大旗，並一起高呼他的名字。

衛菱向梅耶斯說：「大衛，你今天多打一些時間，可以嗎？」並指指他的後備石群超：「你們一起搶進攻籃板球。我需要給方宙航最多出手機會。」

大塊頭石群超，在南曜隊裡體格僅次梅耶斯，這兩個正副中鋒，過去從未嘗試一起上陣，衛菱這招有點賭博成分，就連康明斯聽了都皺眉。

梅耶斯默默豎起拇指表示ＯＫ，拍拍石群超的肩頭。

「蕭騏！」衛菱發出另一個任命。

蕭騏聽了，幾乎從椅上彈起來，急急脫掉外套，露出一副躍躍欲試的神情。

衛菱卻要他冷靜下來：「我知道，這是你在南曜隊和『ＡＡＡ』的第一場比賽。但是別太心急證明自己。只要好好配合方宙航，機會自然就會出現。」

王迅仍在聆聽著關星陽的指示。衛菱走過去拉拉他手臂。被那隻柔軟的手掌抓住，王迅很是愕然，但衛菱半點不以為意，她的精神已然完全投入教練角色上。

「我需要你繼續控球。」衛菱說，向後面的郭佑達指了指。

坐著的郭佑達仍在喘氣，手裡握住水壺一直沒放下。剛才不斷被飛鳥隊的強壯防守者夾擊，他的體力消耗非常大。往後的比賽時間，衛菱仍然需要運用到郭佑達的速度，現在必須讓他休息。

而方宙航的體力，更不可能浪費在控球和指揮上。以現在的陣容，王迅是唯一的控球選擇。

王迅聽見衛菱「我需要你」這幾個字，雖然明知她是以教練身分說的，還是有點心動。

但同時他也很緊張。自從初中開始打籃球，王迅從來沒有擔任過控衛。

「你做得到的。」衛菱跟王迅四目對視，向他灌輸信心。

她這麼說並非純粹的直覺，而是有確實根據的。

這半年來，衛菱一直跟王迅很接近，加上蒐集了許多他的早年資料，她深信王迅確實隱藏著被壓抑的潛能與可能，等待著發揮的機會；此刻她不派關星陽當控球後衛，而選擇用王迅，既有實際戰術需要，也半是在做實驗。

——假如我們有三個不同類型的球員都能控球，陣法的靈活度和彈性將大大提升。

——為了王迅本人的成長，也為了球隊以後的路途，都值得冒這個險。

「去吧。」關星陽從後輕拍王迅背項。

王迅用力點頭，把球衣整理好，重新走上球場。

有個隊友跟他並肩而行，他側頭看過去。

是方宙航。

王迅這才想起：加入南曜電機隊這麼久，今天是自己首次跟方宙航一起打球。

少年時與方宙航在「星空巨蛋」走廊相遇的回憶場面，頓時從心底裡浮現。

——我終於走到這裡了。

與崇拜的「戰神」共同踏進球場，是王迅的夢想，此刻它就這麼突然實現了。王迅的心臟在撲撲亂跳。

方宙航卻沒有跟王迅說半句話，只是走到準備位置，神情極是專注。

「Heart and Soul－Heart and Soul－Heart and Soul－……」

方宙航連球也未碰，擁護者已經喊得嘶啞，彷彿想透過聲音，向他傳送能量。

淪落到「AAA聯賽」的日子，方宙航從來沒有對這些不離不棄的球迷表達過感激之情，甚至心底裡暗暗有點煩厭。

——這群老球迷每次在觀眾席上出現，都像在提醒他：我已經不在「Metro Ball」了。

但是此刻聽著這句「Heart and Soul」口號，方宙航心弦不禁劇烈震動。

——是從甚麼時候開始，我總是在消耗別人對我的善意？總是把身邊對我好的人，一個個地驅走？

——其實我是個自私的人。

——現在才醒覺，會不會已經太晚？

方宙航還是沒有看球迷一眼。
因為他知道：虧欠他們的，只能夠在球場上回報。

2

比賽第二節，由飛鳥快運先開球，他們想趁著南曜隊還未準備好，快速來一記三分球冷箭突擊。

蕭騏首次為南曜隊出戰，心裡戰戰兢兢，因此一上場就每秒都不敢鬆懈，他察覺出對方意圖，及時上前干擾飛鳥隊那個射手。這三分跳投大大偏離，碰框後飛彈到邊線外。

「Yes！」蕭騏興奮地高叫，順道跑出線外負責開球。

擔任控衛的王迅在後場接到球，一邊拍著，一邊眺視隊友，神情顯得有點不知所措。

衛菱見王迅動作很生硬，跟平日大大不同，甚至與第一節相比，反而好像還未進入狀態。

「不好了……」衛菱皺眉，額上冒出汗珠。

——王迅突然肩負起不熟悉的崗位，加上首次與憧憬已久的方宙航同場，心裡本就非常緊張；而剛才關星陽在短時間內向他硬塞了許多建議，不但對他沒有幫助，反而令他腦袋混亂。

飛鳥隊的後衛趁機向王迅施壓。王迅在慌亂間，很單純地朝著最接近自己的蕭騏回傳，但是動作太過明顯，傳球力度又有些不足，飛鳥的後備小前鋒衝前把球抄截下來，順勢快攻突擊。

——糟糕！

王迅焦急拔腿去追，還是差了一個身位，讓對手輕鬆上籃得分。

方宙航久別登場後，南曜隊的第一次進攻，本來令球迷極為期待，想不到卻是如此難看的失誤。

王迅自責地大叫，雙手猛力將撿來的球向地板拍下發洩。

方宙航特地回來後場，向王迅要了球，踏出底線開出。這是他過去甚少做的事。

王迅接到球後，方宙航走過他身邊，語氣溫和地對他說：「放鬆些。跟我打球，不是甚麼複雜的事情。看著我在哪裡，把球給我就行。」

這麼久以來，方宙航第一次這樣對王迅說話。

真正像個隊友。

衛菱在場外聽不見方宙航說了些甚麼，但見王迅聽完就馬上變正常，運球上前的動作恢復自然。她這才稍稍放心。

飛鳥的教練馬鼎明並沒有看球場，而是垂頭閱讀手中畫著戰術記號的圖紙。他關心的只有之後的佈局，要怎樣更有效壓制南曜隊的速度。按照他的計劃，大概在第三節就能夠掌握勝利。

整個球場突然爆發一浪轟然歡呼。馬鼎明這才抬頭，卻見南曜隊員已經跑回後場。

「甚麼事？」

板凳上的飛鳥隊員全都露出愕然表情，沒有人回答教練。

剛才那球的影片，很快就開始在網路上廣泛播送：

方宙航一接到王迅的傳送後突然發動，防守他的人根本零反應。方宙航緊接再晃過對方的大前鋒，拔起做出一記優美的急停跳投，準確無比地空心穿網。整串動作，在不超過三秒內完成。

下次南曜進攻，防守者忌憚方宙航可怕的切入，稍稍往後退了半步防範。方宙航連假動作都不必做，冷冷投進一顆三分。

接著飛鳥的進攻沒有命中，石群超摘到籃板球，馬上傳給王迅。王迅大步運球上前場，眼睛密切留意著方宙航所在，一越過中線就送出去。方宙航以小跳步迎接來球，順勢跨腿拍球斜衝，展現出非凡的身體協調。回防的飛鳥球員沒有一個來得及反應，他從禁區右側以一記小勾射擦板命中。

方宙航連續三次攻擊，加起來的觸球時間連10秒也不夠。第二節只經過1:15，他就連取7分。

南曜電機的板凳、球迷和打氣團，加上方宙航的支持者，一同發出暴浪般的呼喊。

遠在東京六本木的飯店裡，正在看直播的林霄爆發出驚動鄰房的叫聲。住客以為出了甚麼命案，馬上撥電話向櫃檯詢問。

分數差距轉眼變成雙位。馬鼎明極力忍耐不用暫停，只是大聲叫喊指揮著場上球員。

「剪刀！剪刀！」這是球隊使用的代號，示意要壓迫對方控球者。

——直接切斷給方宙航的輸送。

飛鳥在第一節就用過這個策略，衛菱聽到「剪刀」，已經知道是甚麼。可是她很冷靜，並沒有做出任何指示。

——方宙航會知道怎麼做。

飛鳥這次進攻，針對的是南曜陣中較不靈活的石群超，成功投進一顆中距離，稍稍止了血。接著南曜一開球，兩個飛鳥後衛就像獵人一樣，快速朝帶球的王迅進迫。

方宙航馬上察覺對方變化，返身奔回後場接應被困的王迅。他接到王迅的短傳，想也不想就自行運球前衝。

飛鳥的小前鋒及時補上，在方宙航剛越過中場線時阻擋在他面前。這完全忠實地執行了馬鼎明的「剪刀」戰術——方宙航剛過半場就被攔住，後面沒有退路，最是難以活動。

這名飛鳥小前鋒心知，不必完全靠自己獨個守死方宙航；他的責任只是拖住方宙航一至兩秒，讓本來在前場壓迫王迅的兩個後衛趕回來包圍。

但是方宙航連這樣的時間也沒有給對方。

身後半步就是不可觸碰的中場線（註4），能夠運用的空間非常少。他卻突然連續兩記變速換手拍球，身影左右一晃，把飛鳥隊的小前鋒像稻草人般釘在原地，眨眼已經越過去。

——這景象給人一種奇妙的錯覺，彷彿科幻片裡兩人身處不同空間，方宙航直接就穿透了對方過去。

相比這招猶如魔法的過人動作，緊接漂亮的急停中距離穿心跳投，只不過像美味蛋糕上最後一點巧克力花裝飾。方宙航出手後連看也沒看，神情輕鬆一如練習。

馬鼎明無法不喊暫停了。

「Wow！！！！！！」

球迷放盡喉嚨興奮高叫，彷彿要把球館的屋頂震下來。

自從方宙航敗給昆霆，並且從球場上失蹤後，他那群忠心擁護者的胸懷裡，久久憋著一口難舒的鳥氣；直至現在看見方宙航復活，他們當然要盡情發洩。

「好帥好帥好帥！」葉山娜娜站在座位上，不斷跳著大叫：「方宙航好帥！」

身邊的南曜女社員笑著揶揄她：「怎麼了？又不喜歡Ken啦？」

「兩個都喜歡！」娜娜瞇著眼笑說：「哥哥現在只能排第三！」

林霄沒有來看球，白曦樺自然也沒到場。這個時刻她仍然留在辦公室工作，正在讀著一份厚厚的新產品市場預測報告，卻發覺自己怎也無法專心，最

④ **中場線**（Centre line），當進攻方持球完全進入前場後，就不可再持球越過中線返回後場，否則屬於回場違例（Backcourt Violation），馬上失去球權。

後還是把電腦打開，看球賽的網路直播，剛好目睹方宙航最精彩的這第三球。
即使不熟悉籃球，白曦樺也無法不受方宙航的球技震撼。那是一種單純而銳利的美。
她沒有像身在東京的林霄那樣遙距歡呼，而是馬上想起父親。
——假如現在我坐在家裡，跟他一起看球……他會不會對我笑？
馬鼎明看著己隊的球員神色沮喪地回到板凳，心裡有些自責。先前知道方宙航不是先發，他就應該更留神一些。身為球隊教練，自己竟然犯了一般球迷的錯誤：因為媒體的炒作，忘記了方宙航是個多麼厲害的球員。
——而當面對的只是飛鳥的二軍防守時，方宙航這種「厲害」，更是強到爆錶。
明知如此，馬鼎明卻沒有打算立刻改派正選回到球場，這只會打亂球隊的體力部署。
「記著，我們是準備爭奪冠軍、升上『Metro Ball』的強隊！」他向眾人說：「就算是板凳，也是強隊的板凳！不要失去信心！想想我們上半季，只靠二軍就打敗過多少對手？」
那些後備球員聽了點點頭，但心裡還是有些虛怯。上半球季的幾個月裡，他們確實輕易擊敗過許多球隊，可是……

方宙航就是方宙航。

這段狂風暴雨般的攻勢，已經在網路上掀起談論。剛剛開球前才嘲笑過方宙航的網民，大都已經住口，但也有人堅持：

「只是對上人家的板凳吧了，沒甚麼好參考的。」

「被真正的高手吊打完，就只能找些蝦兵蟹將出氣嗎？」

「拿這種薪資，只打對方的後備，很爽嘛！」

南曜球員紛紛上前跟方宙航擊掌。他們眼神裡，流露出深重的敬意。

一個星期前，方宙航把鬍鬚刮乾淨，回到南曜隊的練習場，向全體隊友說了一句話：

「對不起。」

就只這麼簡單三個字，卻令在場所有人動容。

方宙航接著轉向康明斯和衛菱。

「我知道，過去很多事情都追不回來。之後球隊要怎麼用我，請隨便決定。」

康明斯聽了板著臉孔，良久沒有回話。可是衛菱看得出：老教練那張皺紋臉底下，壓抑著如潮的情緒。

南曜隊眾人很清楚：**這位「都球」MVP，如今自願坐「AAA」球隊的**

板凳席，心裡要放下多大的尊嚴。

「不要放過敵人。」此刻衛菱向隊員訓示，露出帶點兇狠的神情，反手拿著筆一記記向下插：「把傷口再挖深一些！」

方宙航聽著點點頭。這只是一個細小動作，但南曜隊員看見他竟這般投入，都覺得很意外，就像目睹堅硬的冰山融化了。

重新上場時，方宙航走近蕭騏，拍拍他的肩：「對方的防守一定會再調整。你要留意機會。」蕭騏聽了有點受寵若驚。

看著方宙航這麼主動跟隊友溝通，葉山虎瞪眼，跟關星陽對視。

「他好像真的改變了。」

關星陽聳聳肩：「還是應該說，他『復原』了？……」

——高峰時期的方宙航，在「都球」裡是以個性猛烈聞名的球隊領袖，直到衰落之後才變成另一個人，躲進冷漠的保護殼內。

葉山虎和關星陽坐在折椅上，帶著緊張心情瞧著方宙航背項。他們關心的不僅僅是這場球的勝負，還有球隊的未來。

——假如方宙航能夠回到從前那樣，哪怕只剩全盛期的一半實力，我們球隊將會變得非常、非常強！

馬鼎明繼續使用剛才的飛鳥球員，但是一進入防守，陣法又作出了改變，這次他們放棄壓迫負責輸送的王迅，而是直接阻斷方宙航接球。

假如是個多月前的方宙航，遇上這種狀況，還是會執意去要球單人進攻；現在放下尊嚴的他，從前的球賽觸覺也都回來了，反而跑到遠遠一角，盡量把纏繞他的兩人引開。

「去呀！放膽上！」板凳上郭佑達朝王迅高呼。

剩下是南曜四人打三人的優勢，眼前空間變得廣闊許多——只要司職控衛的王迅，此刻夠膽色自己帶球攻上。

最近在「XST」接受強化訓練，王迅在技能層面上當然有所改進，但更大的幫助其實在心理上。

從高中到大學，都沒有人對他的個人進攻能力給予信任和鼓勵，他也就覺得那好像是自己不應該做的事情；在比賽裡參與進攻越少，別人對他的期待亦變得越少，形成一種循環。

如今每週在「XST」上課，雖然只得短短兩小時，但每次都有專人為他指導和分析，那待遇就有如被重視的主角，而且導師除了修正技術之外，還會加入適度的心理輔導，漸漸開始將他以前的「進攻封印」解開來。

而這也令他更強烈感覺：有人願意花這麼多心力在自己身上，自己實在有必要把成果展現出來。

王迅看見，連故意拉開走到遠處一角的方宙航，也用眼神向他催促。他也就果敢加速，運球突向飛鳥隊的守陣中央！

飛鳥的小前鋒上前截止王迅的去路。可是就在他貼近之前，王迅卻早一步將球往內線餵進去，傳了給梅耶斯。

梅耶斯的身材淩駕飛鳥的後備中鋒好一截，他在禁區內一接到球，飛鳥球員都緊張得收縮包夾防備。梅耶斯早就看通這一點，他做出一個假裝要向籃下硬攻的動作，把防守者往中間吸引後，發力把球扔向早就等在三分線外的蕭騏。

蕭騏的接球跳投，動作十分流暢，而且出手點很高。更別說他跟前數呎都沒有防守者。

籃球穿網一刻，場邊的蘇順文站起來高舉雙手，像野狼般嚎叫，跟平日那副溫文上班族模樣，判若兩人。

這記三分炮，迫使馬鼎明要提早派森田雅人出去加強防守。衛菱看見，也馬上作出調動，派關星陽代替王迅。

「幹得好。」交換時關星陽拍了拍王迅胸口。

這時飛鳥不再用二人凍結方宙航，而是交由森田對付他。森田雖然並沒有單對單封鎖方宙航的能耐，但以他的防守力，估計只需要隊友適時來支援就足以攔截，飛鳥的防線分配不必再像剛才那麼極端。

森田以前曾經在「都球」打滾過三季，但從未擠進正選陣容，沒有防守方宙航的經驗，只多次坐在場邊見證過「戰神」的厲害。他知道自己今晚將要對付這活傳奇，先前幾天都花許多時間研究方宙航過去的影片，並且努力挖掘當年記憶。

現在，終於真的對上了。

——我那短短三年的「Metro Ball」生涯，可說失敗；但假如我能夠在這裡攔下這位「都球」MVP，也算挽回當年失去的尊嚴啊！

森田雅人專注盯住接近過來的方宙航。與對方相比，森田高出三吋，身材也厚壯得多；他亦聽過各種關於方宙航墮落的新聞。

可是他十分清楚，無論發生過甚麼，面前的仍然是一頭獅子。不以全心全力去抵抗，自己幾秒間就會被吃掉。

經過剛才的失敗，飛鳥隊放棄壓迫控衛的策略，關星陽帶球上前來，直接就傳給方宙航。

「Stop him！」場邊的詹美遜向森田高叫。

方宙航臉上流著汗，卻依舊木無表情。森田甚至無法確定，方宙航那雙冰冷的眼睛，有沒有看著自己。

好像完全放鬆的身姿，突然毫無預兆地發動。

森田早就牢記方宙航的得意招式和習性，往他的進攻方向移步堵塞。但方宙航瞬間急停，做出一個極微細的猶豫停頓，頭和肩輕輕擺晃。這令森田腦袋接收的訊息出現混亂，一時無法反應。

這一點點空隙，對方宙航而言已經足夠。他甚至不必用上全速，輕巧就越過森田右側。

在場邊休息的王迅，把這幕清楚看在眼裡，嘴角露出微笑。

這就是方宙航厲害之處：你無論怎樣預早記憶、分析他的動作習慣也沒用，因為他總是能夠在進攻半途，看著防守者做出甚麼反應，才當刻決定如何變招。

飛鳥隊的後備控衛早有準備，這時上前補位，截住方宙航的路線。在他協助下，森田得到珍貴的時間回身趕來，展開二人包夾。

但方宙航做了一件他們意想不到的事情：傳球。

籃球長距離彈地，準確到達三分線外關星陽手裡。本來守他的控衛已經被方宙航吸引去，面前廣闊無比。關星陽毫不猶豫，按照自己的節奏出手。

南曜隊另一記三分球，將分差繼續擴大。

馬鼎明激動得把手上那卷戰術圖紙捏成一團。眼前的南曜隊，完全不是他事前預想那樣。

一個像刺刀般突破進攻，並且隨時能夠把球傳出的方宙航，加上關星陽和蕭騏兩座長程火炮，絕對不是飛鳥的後備陣容所能應付。再繼續這樣流血不止，還沒捱到下半場，就會被南曜隊領先至無法挽回的地步。

可是假如為了止血，提前太多把正選球員送回場上，他們的體力將過早消耗，後段的比賽遇著南曜隊那個高速跑陣，也同樣極端危險。

馬鼎明遠遠看著衛菱。

——這女生……想不到這麼厲害。

在馬鼎明眼裡，衛菱就像拿著兩款不同的毒藥遞過來。他只能夠選擇死法。

●　●　●　◉　●

結果馬鼎明決定賭一賭，選擇先派出正選主力去止血再算。馬浩仁和詹美遜同時上場，與森田雅人再次連結成飛鳥快運的防守脊梁之後，方宙航的單人攻擊再沒先前般輕鬆，關星陽和蕭騏的三分球出手空間亦大減。南曜隊原本無可阻擋的火力，這時終於減弱下來，飛鳥一步一步把先前分差追回。

但是衛菱並不焦急。這完全符合她的佈局，只要密切觀察著分數形勢和方宙航的狀況就行了。

終於到第二節剩下3:42，飛鳥隊追近到只落後6分時，衛菱才把方宙航換下場，派出龍健一代替他擔任進攻核心。

「謝謝。」衛菱輕聲向回來的方宙航說。其他人也都伸手拍拍他的肩。

方宙航卻沒有回應，只是接過訓練員Jerry遞來的大毛巾和水瓶，用毛巾蓋著頭，重重坐到椅上。

他其實已幾乎撐不下去了，此刻連舉起水瓶來喝的力氣都沒有。

一個星期前決定重返球隊的同時，方宙航也停止了喝酒。這當然無法即時改善他的體能，相反因為身心不能適應強烈襲來的酒癮，狀態比之前還要差勁許多，恐怕還需要好一段過渡期才能夠克服。

目前的方宙航，就算只是面對敵隊的二軍防守，最多只能夠打十分鐘左右，耐久力比先前大減近半。假如馬鼎明和飛鳥球員看穿這點，今場比賽的戰局肯定大大改寫。

方宙航發揮的作用，並沒有顯現在記分板上——兩隊經過半場比賽，表面上分數已經拉回均勢。

但事實是，飛鳥球員的上陣時間分配，已經被他的突擊大大打亂了。

接著第三節，南曜的領先優勢仍然一直維持在個位數，看起來好像雙方勢均力敵，其實只是飛鳥隊員咬緊牙關苦挺的效果。南曜隊正以擅長的速度，不斷磨蝕對方體力。

然後一切在最後第四節爆發。森田雅人和馬浩仁，再也跟不上南曜隊員的腳步。郭佑達的球技水準雖然比他們低一檔，但是卻存足了體力，此消彼長下，他一次又一次以高速撕破兩人的防線。葉山虎更是活力十足，搶下多次進攻籃板球。梅耶斯在籃下壓得詹美遜幾乎站不直。王迅以積極的防守，不斷榨取對手殘餘的體能。龍健一的強攻威力就更加不用說了。

在比賽只餘4:23、南曜隊領先18分時，馬鼎明宣告投降，將疲倦的正選球員收回來，避免他們在這狀態下，為一場九成要落敗的比賽冒上受傷風險。

馬鼎明跟飛鳥球員都心情沉重，就像吞下苦澀無比的果子。本來在他們眼裡，唯一的爭雄勁敵只有夏美精工。如今聯賽的形勢已然改變。

「ＡＡＡ」下半球季才剛開始，南曜就向所有對手宣告：我們也是爭霸者。

遠在東京的林霄，已經在飯店房間裡喝醉了。他躺在長沙發上，瞧著天花板的燈光，心頭那股愉悅，就像打長篇ＲＰＧ遊戲大作，第一次集齊厲害角色的感覺。

他十分慶幸，那個深夜去了「滾滾來」吃麻辣鍋，遇上了衛菱。

衛菱理想中的南曜電機隊，到今晚真正組合完成。

終場笛聲響起。最終比分是98-81，是飛鳥快運晉升上「ＡＡＡ聯賽」多年以來，輸得最慘烈的一仗。

南曜隊員的情緒，反而不像前幾場表現得那麼亢奮，跟對方握手後，隊友之間只是互相碰拳，沒有說很多話，但是眼神交接間，大家都知道彼此所想。

經過這一戰考驗，一個想法在他們心裡萌芽：

奪取冠軍，再不是遙遠的空談。

有了這個更大的目標，贏一場球，就沒有必要太興奮。

這種克制的情緒，把勝利當作分內事的態度，正是強隊特徵。

南曜隊員繼而圍聚在方宙航跟前。

方宙航仍然疲倦地坐在椅上，這時抬頭看看他們。

梅耶斯率先向他伸手，咧開大嘴巴。

「Keep it up.」

方宙航點頭，從梅耶斯開始，逐一跟隊友high five擊掌。

這一幕看在康明斯教練眼裡，令他有種得到救贖的感覺。

——終於……這一幕我等待很久了。

今晚只上場幾分鐘的陳競羽，並沒加入隊友的行列，只是站在一旁冷冷觀看。他這麼做並不是因為嫉妒或者鬧脾氣，而是不願意輕易相信，方宙航就這麼改變過來。

——要脫離那種深淵，不是想像那麼容易的。我會繼續看下去。

——你就好好證明，你真的值得我把你當隊友吧。

最後一個跟方宙航擊掌的是王迅。兩人手掌相握，對視了好幾秒。

「來！」王迅想把方宙航從椅子拉起來，另一手指向仍然全體留在觀眾席上、身穿「心魂」白T-shirt的那幾十個球迷：「你應該跟他們打招呼啊！」

那群球迷全都站著，凝視方宙航的背影。他們察覺一件事：

跟從前不一樣，方宙航直至球賽結束，都沒有把球鞋脫去。

他們裡面好些人，已經感動得眼眶濕潤。

方宙航卻仍然坐著，搖了搖頭。

「不行。」一旁的葉山虎說：「你一定要過去。你欠了他們。」

方宙航聽見這句話，心胸泛起一股血氣。終於，他拉著王迅的手，身體離開椅子，轉身朝觀眾席走過去。

球迷發出激動的歡呼。

方宙航鼓起勇氣抬頭，第一次直視他們的眼睛。他哽咽著，久久無法說甚麼，只能向他們微微點個頭。

其中一個球迷，把一件加油T-shirt扔了給他。

方宙航接住，把它攤開來，瞧著上面「心魂」二字。

球迷們都在等待他把T-shirt套上身。可是方宙航最終只是拿著它，朝他們輕輕揮了揮。

「等我……」方宙航用帶點沙啞的聲音說。

球迷們都明白他的意思：

我會把它穿上的。

在我覺得自己再次配得上這兩個字的那天。

第十章

Chapter 10

崩裂

FRACTURES

衛菱輕輕靠住葉山虎背項，即使隔著衣服，還是感受到他身體散發的男性熱力，不禁臉頰緋紅。

她每天的工作都處身於男人堆裡，從來沒甚麼性別顧慮——從入職球隊訓練員那天開始她就知道，既然自己選擇了這個工作，必定要放下女性身分才幹得下去。

可是這個時刻，她那「專業」的保護罩，好像變得不管用了……

「請看那邊！視線再高一點，下巴和頸項放鬆……對！就這樣！」攝影師發出各種指令，同時按下連續快門。「好！接著，兩位都看鏡頭！」

衛菱和葉山虎保持著背靠背，把視線轉向前方。

身為資深模特兒，葉山虎在鏡頭前擺姿勢當然異常熟練。他卻從身體接觸察覺出，衛菱緊張得整個人都僵硬著。趁攝影師調整燈光時，他對她悄聲說話。

「輕鬆些。不要緊的，我初入行時也跟你現在一樣。很快就會習慣。」葉山虎把聲線再壓低些，又說：「記著，我們今天是主角呀。他們只是來幫助我們工作的，又不是面試考官，別害怕在他們面前表現得不夠好。」

一聽到「主角」，衛菱心裡卻反倒更緊張。

只因過去的她，跟這兩個字相距太遙遠了。

今天衛菱少有地沒綁馬尾，而是把烏亮長髮散下來，讓髮型師弄成微曲，一邊掠到耳後，露出垂掛的銀耳環。她身穿著跟平日截然不同的白色套裝，外面披了件寬鬆的杏色線織背心，加上涼鞋跟民族風大手鐲，整個打扮看起來令人聯想起設計師或是時尚編輯，遠多於一個終日出入汗臭更衣室的籃球教練。

葉山虎的造型，也跟他平日接到的工作大異，沒有街頭風格，而是棉麻外套搭淺藍薄長褲，加上一副淡棕色太陽鏡，散發著清爽的春日氣息，與他本來的野性氣質相比，反襯出獨特的味道。

攝影師繼續指揮兩人，鎂光燈不停綻閃。

這份工作對衛菱來說實在太陌生了。唯一慶幸的是，拍攝場地就選在她最熟悉的地方。

《Hanna》雜誌的編輯們看上了南曜隊這座老舊的貨倉練習場，採用為今次訪問特集的照片背景，他們喜歡這裡猶如時光停頓的真實氛圍與質感，絕對不是刻意架設的佈景能夠模仿出來的。

白曦樺也站在鏡頭後，監察著拍攝情況。

今次衛菱的專訪，全靠白曦樺動用了自己在社交圈的人脈才能夠促成。

《Hanna》是本地三大女性時尚雜誌之一，創刊超過四十年，在高端時裝界具有十足地位，延伸的網路媒體也極具影響力；要說服他們為一個既非演藝圈又不是模特兒的女生，做六頁長的照片加訪問特集，絕對是不容易的事。

白曦樺這麼做，當然因為覺得有價值：在她眼中，「美人教練」衛菱已經是南曜隊裡僅次於龍健一的重要資產與宣傳招牌，當然要作最大限度的利用。

拍攝暫時休息。助理為衛菱拿了瓶礦泉水來，為免弄花化妝，她只可以用吸管小口地喝。同時她的眼睛卻盯著球場旁邊那張長桌，上面放滿製作精緻的小吃——就是平時在電視連續劇裡有錢人宴會場面看見的那些，此外還排列著香檳和餐酒。她掃視那堆魚子醬小吐司、蜜糖杏仁片鳳尾蝦、浸酒新鮮橄欖、辣椒絲薄切小牛肉片……恨不得馬上就走過去開動。可是編輯早早已經囑咐她，在拍攝工作完成前，這些美食碰都不能碰，以免吃飽了令肚腹隆起，影響穿衣的視覺效果。

白曦樺過來微笑打量衛菱的模樣，輕輕為她撥了撥髮尾。衛菱呆住了，球隊的大老闆竟然親手為自己整理外觀，教她受寵若驚。

「很漂亮。以新人模特兒來說，你的表現超乎水準呢。」

衛菱不禁害羞，自然反應想搔搔頭髮，卻馬上想起不可以把髮型師的心血弄亂，急忙把手垂下來。在總裁面前，她就像突然變成小學生。

「對啊。」葉山虎輕鬆地朝白曦樺打了個招呼。他是南曜電機多次採用的平面廣告主角，跟老闆早就熟絡。「說起來，我之前都沒有機會上《Hanna》呢。今次真是託衛教練的福。」

「怎麼會……」衛菱揮手否認。

「不用覺得不好意思。」葉山虎的目光透過棕色鏡片，彷彿看穿衛菱的心，那雙帶著魚尾紋的眼睛，笑起來時展現出成熟男性的強烈魅力。他指指後面那大隊攝影、服裝和化妝人員，繼續說：「這一切，你是靠自己才能獲得的，應該好好享受啊。」

衛菱聽見，不禁看看練習場四周。

這麼多時尚界的專業人士，今天全都圍繞著她工作，把整套精心配搭的造型實現在她身上，再在鏡頭前以最完美的姿態呈示。

而三個月前，衛菱還只能夠撿南曜電機拍廣告剩下的運動服來穿。

對於一個年輕女生，這種擔當主角的時刻，完全就是夢幻成真。不管平日衛菱如何不拘小節，此刻心底裡也不能說不喜歡。

衛菱讀的德蘭學院是城中有數的女子名校，同屆畢業同學大都已經在專業範疇或商界找到很棒的工作，也有的進了政府，全都朝著社會菁英之路進發。

這兩、三年的舊生聚會，衛菱連一次都不敢去，不只因為買不起像樣的新衣裳，也因為不想出席那種拚命互相比較的場合。

——她們要是在《Hanna》裡看見我的照片，會有多吃驚呢？

而葉山虎並沒説錯：衛菱得到這種公主般的待遇，確是全憑自己實力賺來的。

從擊敗飛鳥快運那場硬仗至今，已經過了一個月，南曜電機隊在這期間又接連打贏了四場球，從上半季延續下來累積至十一連勝，鋭氣驚人。

經過這麼多勝利後，球壇內外許多人都察知：南曜隊開始變強，就是從衛菱穿上那襲黑色助教套裝開始的。雖然説南曜只是半職業「AAA」層級的球隊，但是一位年輕、漂亮又具有實績的女教練，突然在男子籃球世界裡冒起，絕對是個引人入勝的話題，足以讓她在《Hanna》裡登場。

「有件事情我很好奇……」白曦樺問衛菱：「你到底施了甚麼魔法，才令方宙航回來的？」

南曜隊下半季的成功，方宙航回歸也是其中一個重大因素。這段期間，方宙航仍然在逐步適應戒酒中的身體，上陣時間繼續限制在10分鐘左右，可是他以球隊的後備「第六人」身分出擊，卻反而打出比從前更高的效率。衛菱巧妙地運用方宙航去攻襲對方較弱的陣容，因此即使他上陣時間變少，下半季五場比賽仍然平均砍下多達15.4分，令南曜隊全隊的場均得分提升了7.2（相比之前方宙航缺陣的六場球）。這種突擊火力，加上以龍健一、葉山虎和王迅為骨幹的防守，帶動南曜電機輕鬆地輾壓「ＡＡＡ」各支中、下游球隊。

而方宙航這一輪突出表現，也令他所受的負面抨擊漸漸淡了下來，八卦網媒的記者亦沒再在球場裡出現。在恢復平靜的環境裡，他正逐步重拾自己的步伐。

白曦樺所以特地問衛菱關於方宙航的事，是因為他對於父親白淩石具有特殊的意義。

——幸好方宙航捱過挫敗回來了，否則爸爸的情緒說不定會變壞，直接影響他的病況……

衛菱被這麼一問，卻為之語塞，無法回答白總裁。

因為她實在甚麼都沒有做。

——梅耶斯後來才偷偷告訴我，方宙航是王迅帶回來的……

正當衛菱陷入沉默時，白曦樺的一個助理走過來：「《10 FEET》的人來了。不過有點麻煩……他不願意把問題先給我們過目。」

他們望向那放滿美食的長桌。身型胖壯、依然一身殘舊衣履的阿雙哥，自顧自拿起小吃塞進嘴巴。他看見衛菱，揮手笑著高聲說：「不要緊，是我自己早到了！我會等你拍完！」

在球壇影響力甚大，但是一向主力做「Metro Ball」題材的《10 FEET》網誌，竟然主動邀約一個「ＡＡＡ」助教做訪問，實在是非常難得的事，南曜公關當然一口答應，並且為了節省時間，安排在《Hanna》拍攝日同一天進行。

衛菱朝阿雙哥禮貌地鞠了個躬。白曦樺也向他微笑打招呼，心裡卻對於無法預先知道訪問題目感到不快。

——南曜隊晉升「都球」的機會正在急上升，隨時搖身變成企業手上的貴重資產。她絕不希望這個品牌受到任何損害，當然要盡一切方法保護——例如避免教練在訪問裡失言，或者被質問尷尬的問題而無法回答。

「沒關係的。」葉山虎一眼看穿白曦樺的憂慮：「阿雙哥是真正愛籃球的人，不是那種只為製造話題而不擇手段的爛記者。我們可以信任他。」

白曦樺歎息搖頭，對衛菱說：「我告訴你，葉山這個男人很危險。女人在他面前，簡直就像心思的外衣被脫精光一樣。你要小心啊。」

「男人在白總裁面前也是差不多吧！」葉山虎完全沒有怯於白曦樺的老闆地位，反唇相譏。

看著他們你一言我一語，衛菱感覺自己就像處身一個陌生的新世界。這是她首次看見工作中的葉山虎，跟在球隊裡時的談吐很不一樣。

——我也希望可以像他，對身邊一切應付裕如啊……

衛菱感覺到，隨著球隊不斷勝利，越來越多門戶正朝著自己打開。

●●●●◉

拍攝在一個小時後終於結束。

白曦樺當然早就離開，令衛菱放鬆不少。她已經逐漸習慣鏡頭和燈光，之後的拍攝都很順利。

攝影師宣佈完成時，工作人員一起向衛菱和葉山虎鼓掌。雖然明知這只是拍攝人員的慣例，但初次受到這種禮遇，衛菱還是有些感動。

——受到這麼多人當場讚許，上次已經是七、八年前，她擔任高中校隊主將的時候了。

葉山虎還要趕往出席一個商場活動，馬上就跟大家告辭。衛菱在辦公室換過衣服，穿回練習時的黑色運動裝，大大鬆了口氣，馬上向那些美食動手，可是吃不了幾口，南曜公關就請她過去接受阿雙哥訪問。衛菱急忙把一塊吐司塞進嘴巴，眼睛仍然盯著幾款未嚐的小吃。那公關人員笑著說：「放心，我每款都會為你留一些……」

阿雙哥坐在球場角落，桌上早就放著工作用的電腦、照相機跟手機。

「抱歉，我知道你已經很累。」阿雙哥搔搔亂髮，重新戴上棒球帽：「我會盡量問得直接，很快就能完成。」

「不會！」衛菱急忙揮手：「我不累！你問甚麼都可以！」

衛菱身為籃球迷，當然也是《10 FEET》的忠實讀者。前幾天當她知道自己將要接受名人阿雙哥親自專訪時，心情比登上《Hanna》還要興奮。

「其實我也有點緊張。訪問女教練，這是第一次呢。」阿雙哥摸摸下巴鬍鬚，然後把手機的錄音功能打開：「那馬上開始吧。你今年廿五歲？哈哈，不好意思，一來就問女生的年紀，好像很沒禮貌……」

「廿四。生日還沒過。」衛菱並不介意，爽朗地回答。

「這麼年輕，就率領一支爭奪冠軍的球隊，心情應該很爽吧？」

「沒有……」衛菱急忙皺眉擺手：「我們能不能打進季後賽，現在還是未知之數呢！」

衛菱說的是實話。南曜隊近期雖然氣勢無匹，但畢竟季初輸了太多場，目前勝率仍然只有0.650，排在聯賽榜第五；能否及時追上幾支強隊，躋身聯賽前四位，目前尚且難說。

阿雙哥接著就詢問衛菱的出身、大學球員生涯和畢業後入職南曜隊的事情。這些背景資料其實他早就收集了，但還是想讓她親口敘述一次，當中可能會發現一些重要細節，可以用在文章裡。

衛菱回答的同時，阿雙哥也舉起了照相機。這麼多年來，《10 FEET》的採訪和製作他都一個人包辦，對獨自工作非常熟練，習慣同時做不同事情，既為了節省時間，也避免錯過捕捉精彩時刻。

「唔……也就是說，你從一開始已經以擔任教練為目標嗎？」阿雙哥放下相機。「那為甚麼不去女子籃球那邊發展？我想絕大多數女生，假如要以籃球為事業，都自然會從女籃出發……以女性身分來教男子籃球，不會覺得進路太狹窄嗎？」

「那是因為，我想……」衛菱撥撥耳際頭髮，有點猶豫。

阿雙哥用眼神鼓勵她說下去。

衛菱瞧著他，想起以前讀過他寫的許多文章。

——他應該不會取笑我。

「因為我想成為最強的教練。」衛菱率直地說。**「而在這地方，最強，就是『都球』。」**

阿雙哥呆住了。

「『都球』……你的目標，是要當『Metro Ball』教練？」

「我是這麼希望。」衛菱用力地點頭。

勢。

——這女生有意思啊。

阿雙哥滿意地笑起來。單是有這句話，這篇訪問已經肯定夠看頭。

接著終於問到主題：衛菱到底是如何當上助教，並且扭轉了南曜隊的頹勢。

一說到這段，衛菱卻反而有點閃躲，有些事情經過的細節答得比較含糊。阿雙哥聽著聽著，已經猜到原因：衛菱不希望這次訪問的內容，會傷害到老教練康明斯。

這種情況阿雙哥遇過很多：新進教練和球星的冒起，常常會把前輩比下去，造成人際矛盾。阿雙哥並不想令衛菱處境尷尬，因此有些說話——例如她已經實質取代康明斯的主帥地位——並沒有迫她講出口。

「好……關於你個人的事情，我已經問得差不多，材料足夠有餘了。」阿雙哥微笑說。交談下來後，他對衛菱很有好感：坐在面前的是個爽快的女生，又很顧及別人的感受；籃球知識非常專精而豐沛，絕對不是個花瓶。「接下來，我要問你對於南曜隊裡一些球員的看法。」

衛菱點點頭，嘴唇卻抿起來。相比說自己的事，要談論麾下球員，令她心情更緊張。

她本來預期阿雙哥首先必然是問龍健一或者方宙航的事。可是她卻聽到一個出乎意料的名字。

「你怎麼看王迅這球員？」

衛菱並沒為此預先準備，一時答不出來。

阿雙哥在電腦裡翻找著資料，繼續說：「今季南曜隊引入了兩位新人，一個是Ken，另一個是王迅。Ken的身價雖然沒有公開，但是大家都很清楚，必定跟『Metro Ball』的頂級新秀看齊，甚至更高；花了那種大錢後，南曜隊剩下的資源應該不多吧？所以只能夠以南曜企業員工的合約，去簽一個像王迅這種級數的球員。」

「王迅出身的明城商大，在『甲級大學聯賽』只屬二線。老實說，從這種學校出來，能夠簽到『ＡＡＡ』球隊實在非常幸運。是康明斯特別挑選的嗎？我看過王迅的資料，他從高中開始就是防守工兵，速度、體能和身材都不俗，但並沒有展現出甚麼格外高超的技能……康明斯選了他，我想主要就是為了協助方宙航的吧？王迅在高中和大學時期似乎沒有受到很好的培養，而且讀滿了四年大學才進入半職業球壇，現在要再發展恐怕已經太遲。我看過先前的球探報告，大都認為王迅的前景很受限制。以我多年來的採訪經驗看，像他這類球員，通常只能夠留在『ＡＡＡ』以上級別兩、三年，甚至更短，然後就會漸漸被更年輕的後進取代……你怎麼看他呢？」

衛菱一直默默聽著。阿雙哥的說話，確實全部跟球探報告和預測寫的一樣。而康明斯選了王迅這個新人，唯一的功能也確實是要輔助方宙航——在康明斯的盤算裡，假如方宙航能夠回復從前水準，跟王迅成為後衛搭檔，方宙航可以全心在進攻上發揮，其他事情則藉著王迅的身高、速度和防守意識去補救。

——這三年來，除了白曦樺用高價搶來了龍健一這個例外，康明斯所制訂的南曜隊用人策略，全都是圍繞著「方宙航將會復甦」這個主觀願望。

「不……不是這樣的……」衛菱喃喃說。

「哦？」阿雙哥揚起眉毛。

這段日子裡，衛菱反覆讀過康明斯那部「THIRD」筆記許多次。每次看到關於王迅的部分，她都有種強烈的想法：

——教練看錯了。

此刻她又回憶起從前王迅的種種：每次在「滾滾來」的熱烈談話；打印出來的戰術筆記，四周空白處總是畫滿他的漫畫和塗鴉；還有他首次帶領球隊練習「跑陣」，指揮眾前輩時展現出的膽識。

而那次對戰飛鳥快運，王迅在重要時刻挺身而出，首度獨自擔當控球，更是果敢地通過了猝然降臨的考驗。

「王迅絕對不止這麼簡單。」衛菱用堅定的語氣回答：「他的技能根基十分全面，並非比賽數據所呈現出來那樣；這個球員蘊藏著的創造力和領導力，也不是很多人察覺得到。」

阿雙哥的眼睛發亮。這正是他想聽到的答案。

「人們並不明白：世上有許多球員，所以能夠創造傑出成就，是要在對的時候，身處一支對的球隊。」衛菱繼續說：「未來這一、兩年的際遇，對王迅來說將是重大關鍵。但無論如何，**我相信他。**」

阿雙哥一時沒有作聲，而是回味著衛菱這番說話。

剛才他故意數落王迅各種不利背景，其實就是為了刺激衛菱說出這些真實想法。

阿雙哥也無法解釋，大半年前的南曜新人發佈會上，自己為何會對王迅生起莫名的興趣；之後南曜對夏美一戰，這個無名新人更在他心裡留下了深刻印象。觀察籃球多年累積而來的直覺告訴他：王迅有著某種異常的可能性。

關於王迅的這段對答，大概沒機會寫進最終訪問稿裡——王迅目前的名氣仍未有這種價值；但是透過這番說話，阿雙哥又對衛菱有了更深的了解。

——看來她跟王迅有種特殊羈絆呢……

接著阿雙哥當然還是問了關於方宙航和龍健一的事。這些部分反而沒甚麼驚喜，但始終是大部分讀者想看的東西。

「訪問基本上完成了。」阿雙哥笑著把手機錄音功能關掉，確定一下照片及錄音檔案都保存好，也就滿意地搓著手掌。「不過最後還有個問題——我不會記錄，也不會寫出來：關於Ken可能跳去打『Metro Ball』的傳聞，你怎麼看？」

衛菱聽見，原本的笑容消失了，臉色頓時變得蒼白，就連濃厚的化妝也掩蓋不住。

「我沒有聽過……」

「我聽說，是他經理人莫世聞的計劃。」

這樣突襲衛菱，阿雙哥心裡有點不好意思。從她的反應看來，確實是毫不知情。

——也就是說，整支南曜隊，上至白曦樺都不知道。

阿雙哥站起來，把用具一一收拾回背囊。他並沒打算繼續追問衛菱——這種情形下得到的答案是沒有意義的。

「不過我要是你，就會好好準備，要怎麼為球隊失去龍健一作出應變。」阿雙哥告別之前說：「在球壇裡，莫世聞想要的東西，很少得不到。」

攝影人員早就把器材收拾乾淨，大部分已經離開，只留下南曜的公關在整理雜物。長桌上仍然擺滿食物酒水。可是衛菱已然胃口全失。

《Hanna》的人雖然走光了，室內仍然飄溢著一股高級香水的氣息。這在南曜練習場裡是前所未有氣味。衛菱在球場中間徘徊，呼吸著這夢幻的餘香，有點不願意離開。

要是阿雙哥的消息成真，南曜隊的夢想就真的完結了。

龍健一是無論如何都無法取代的。失去他，爭霸之路肯定要斷絕。

——而這一切驀然而至的美好東西，也會隨之消失。

衛菱第一次深刻感受到：看似操控一切的教練生涯，其實有太多不可掌握的脆弱。

「衛教練……」一個公關拿著衛菱的背囊走過來：「你的手機剛才不停在震動。」

衛菱道謝後接過背囊，掏出手機查看。

來電顯示是王迅，連續打了六次。

平日她跟王迅都只用短訊聯繫，很少直接通電。

——這麼急找我，難道……他也知道Ken的事情了？

衛菱回撥過去。

車。

她馬上聽見王迅焦躁的聲線。從背景音顯示，他正在街道上，好像坐著

「你有看新聞嗎？」王迅問：「不好了！」

——果然是Ken脫隊的消息嗎？

「我正趕過去方宙航那邊！」王迅繼續在電話裡大叫：「你也馬上來！」

——方宙航？

掛線後，衛菱連忙查看手機的即時新聞。很快她就看見，是甚麼報導令王迅有這種反應。

這一刻，衛菱彷彿目睹，自己的球隊就如一座砂塔，正在眼前迅速崩潰。

方宙航住的那個飯店式公寓房間裡，猶如被猛烈颶風颳過一樣。

幽暗室內到處散佈衣服雜物，每個衣櫃和抽屜的東西都被翻出來，就連他幾年前搬進這裡時就堆在角落、至今從沒打開過的那幾個紙皮箱，現在也都給一一掏空了，收藏在裡面的大量舊雜誌、剪報、昔日廣告等等散落一地，它們記載著方宙航籃球人生最光輝的歲月，如今就如一堆廢紙。在一個打開的衣櫃門角上，掛著他十六歲時首次奪得全市高校冠軍的勝利球衣，那狀態就像一塊被遺棄的抹布。

這一切珍貴舊物，封存在紙箱裡這麼久，方宙航從來都沒有想過要拿出來緬懷。一次也沒有。

房間變成這樣，並不是被人洗劫，全都是這裡的主人自己造成的。

渾身透著汗臭的方宙航，坐在最陰暗角落地上。最後一線夕陽從窗口透進來，映著他哀傷的眼神。

先前他就像發瘋般把房間掀翻，種種紀念過去榮光的紀念品，他看也沒看就隨手拋去，心裡只想要尋找一種東西。

那種東西，能夠讓他暫時麻醉，逃離無法面對的現實。

本來以為自己早已把房間裡這種東西都拋棄清光的了，但最終他真的找了出來。

此刻就在他跟前地毯上：一瓶細小的威士忌樣辦。

方宙航凝視那迷你酒瓶，心裡在激烈掙扎。

早已關上的電視，像一面靜默的黑鏡。方宙航很清楚：只要他按下開關，隨便打開一個娛樂頻道，就會看見剛剛公開的那條「新聞」循環報導，還有大群記者包圍他前妻家門的即時實況。

這事情到底是從甚麼渠道洩露的，誰也不知道。

已過了這麼多年，方宙航本以為它早就成了永遠的秘密。

但是太天真了。過去，不會這麼容易就放過他的。

《都市時報》網上即時娛樂版，今天下午率先引爆了消息：

六年半前，影后歌姬楊黛雪與「Metro Ball」偶像球星方宙航離婚，真正原因是楊黛雪懷了三個月的孩子流產；她出事時，方宙航正在外頭，喝醉了整整一天一夜。

方宙航並沒有看完整個報導。手機屏幕彈出標題的一刻，他心胸就像被鐵鎚猛擊。猶如本能的反射動作，手機被他狠狠往牆壁摔破，屏面碎裂，電池和零件飛散滿地。

他用這個最直接的方法，與外面世界所有人斷絕聯繫。

這家服務公寓以私隱度高為賣點，隔音良好，即使方宙航在房裡像野獸般放聲嘶吼，也沒有被隔壁的住客聽見。

憤怒和悲傷在心坎中如潮捲來。方宙航感覺身體裡每根血管都像快要爆開。

壓抑許久的回憶，再次清晰浮現，即使已過了六年，那澎湃的痛苦絲毫沒有減退。

因為他從來沒有真正面對這傷口。

有一個記憶畫面不斷出現在他腦海：是剛剛做完手術的楊黛雪，躺在病床上，默默瞧著他，眼瞳裡退卻了一切情感，失去血色的臉，展現出對他的徹底死心。

那一刻方宙航知道，他已經把最愛的人驅離了自己的生命，永遠無法挽回。

當時楊黛雪還沒有公佈自己懷孕，流產後全靠她的經理人與「聖美綜合病院」高層有交情，順利把整件事保密。方宙航接受了楊黛雪的離婚要求，同意彼此以後絕口不提這件事。他自願把大屋和當時大部分存款都留給她，確保她生活只受最少影響。半年後楊黛雪就逐漸恢復演藝工作，大眾都讚賞復出的她，演戲和唱歌都比從前更加感情豐沛，她經過兩年努力，人氣變得比婚前更高。

方宙航當時唯一想的，只是要保護楊黛雪。他知道，自己虧欠她的，永遠償還不了，這些只是他至少能夠做到的事情。

然而今天，楊黛雪正受到極大傷害。

那個久遠的秘密，為何今日才被人重新挖出來？方宙航想到，應該是因為自己近期在球場上再次備受關注而觸發。

——最終又是我連累了她。

這股強烈自責，令方宙航加倍痛苦。

——假如我不再打籃球，她就不用承受這種事情了。

想到這裡方宙航就覺得，連剩下來唯一支撐著自己人生的東西——籃球，也好像已變得毫無價值。

他無法承受這種衝擊，只想找個避難所。

而這些年來，他最熟悉的避難方式，只有一個。

重返南曜隊這段期間，為了禁絕酒精的誘惑，方宙航早已把公寓裡收藏的所有酒都棄掉，就連含酒精成分的嗽口水都不敢用；剛才他在完全無法自制下，瘋狂翻遍房間每一角落、每個收納櫃、每口箱子……想尋找還有沒有遺下一瓶半瓶。

結果，真的在其中一個塞著紀念品的紙箱裡，找到這唯一一小瓶不知何來的威士忌樣辦。

方宙航本來已經下定決心，擺脫以往的一切包袱；可是過去，又再一次要把他拉向深淵。

他心裡很清楚，假如自己在這裡再跌倒，以後肯定再無法翻身。

——為甚麼，偏偏是在這個時候？……

現在他只要一伸手，抓住那個小酒瓶，打開蓋子，往嘴巴裡灌……幾秒間，就能毀掉先前所做的一切努力。毀掉所有人對他的最後一次信任。

但他實在受不了。

顫抖的手掌，正慢慢伸過去。

那隻在球場上無所不能、無數次創造奇蹟的右手。即將要埋葬自己。

門鐘響起。

方宙航的手僵在半途。他抬頭看向大門。

鐘聲接連不斷，繼而是急密的敲門聲。

方宙航坐著不動。

他心裡有兩個自己在交戰：一個是已經活了三十一年的方宙航，孤高的「戰神」，球場上的絕對強者，拒絕任何人輕視、同情和憐憫，寧可獨自燃燒和沉淪。

另一個，是最近才看清自我的方宙航。

——我從來都需要別人幫助。

假如仍然是一個月前的他，必定會選擇對來者置之不理。

但現在，方宙航慢慢站了起來。

因為從那焦急的敲門節奏，他好像直覺知道，站在門外的是誰。

● ● ● ● ◉

門鎖發出打開的聲音。

聽見的那瞬間，王迅心裡猶如放下千斤大石。

——他沒事。

身旁那兩個公寓保安員，也同樣鬆了口氣。其中一個手裡已經拿著後備鑰匙。

門只開了一條縫。王迅推開一點點，發現裡面幾近完全黑暗。他探身走進去，才踏入一步，就踢到地上的東西。

他低頭看看，赫然發現橫躺在地毯上的，正是歷來無數籃球員的夢想：「Metro Ball MVP」獎座。

王迅再看房間裡，被混亂的狀況嚇著了。保安員從後探頭，也發現這情形，露出驚訝的表情。

「這裡……交給我處理好嗎？」王迅沒有馬上打開房燈，回身出來以他的高大身軀擋住門縫，問兩個保安員。

他們打量著王迅。公寓樓下已被大量記者包圍，保安員收到指示要加緊限制非住客進入。王迅是憑他異常高大的身材和一襲南曜電機隊運動服，加上從網路上翻出一幅自己與方宙航同場打球的照片，才說服到保安員相信他是來幫助方宙航的。

如今兩人心裡很猶豫。要是方宙航在公寓裡鬧出甚麼事情，他們必定會丟飯碗。

王迅窺見他們面有難色，又問：「你們是籃球迷嗎？」

「是又怎樣？」拿著鑰匙那個保安員反問。

「是的話應該很清楚：住在裡面這個人，以後還能不能打籃球，是一件具有多大意義的事。」

保安員的內心震盪。

王迅又用在市場業務部學到的禮節，朝兩人誠懇地低頭鞠躬。

「他是我最重要的隊友。請相信我。」

王迅這個姿態打動了兩人。他們其實沒有信心能夠跟方宙航平靜溝通——在這裡工作已經有好些日子，兩人非常清楚方宙航絕不是個好相處的住客，如今狀況下就更像一桶隨時爆發的炸藥。他們互看一眼，決定對王迅點點頭。

等待保安員離開後，王迅才回到房間，把門關上。

他依然沒有按亮燈光，以免刺激方宙航，而是讓自己的眼睛漸漸適應黑暗。

方宙航跌坐沙發上，眼睛半閉，彷彿剛才站起來打開門，已經把他的體力耗光了。他的神態像一頭受了重傷的野獸。

王迅俯視著崇拜多年的偶像這副軟弱無助的模樣。

今天他才終於明白，當年方宙航為甚麼會遽然墮落。年輕的王迅實在不敢說，自己能夠完全感受出方宙航的痛苦有多深；但至少他領會得到，那種無可挽回的事情，有多令人痛悔。

王迅默默瞧著方宙航，等待對方反應。

他先要確定，方宙航是否願意把心對他打開。

過了幾分鐘，方宙航才終於張開眼皮，視線與王迅接觸。

房間裡幾乎完全黑暗。王迅從那眼瞳裡，看見微弱的亮光。

那是求助的眼神。

他走過去，朝方宙航伸出拳頭。

沒有指責。沒有憐憫。沒有試圖安慰開解。

王迅只對方宙航說了三個字。

「加油啊。」

這種時刻，男人與男人之間，戰士與戰士之間，就只需要這樣的話。

方宙航心靈深處驀然被撼動。

他也伸出拳頭，跟王迅的輕輕相碰。

——就像多年前，他們在「星空巨蛋」走廊上相遇時一樣。

碰拳變成手掌相握。王迅把方宙航從沙發上拉起來。

無論多強的人，總有需要別人拉一把的時候。

在這樣的時候，有個這樣的人，是一種無比的幸運。

方宙航用力擁抱著王迅，把臉埋在他肩上，放聲痛哭。

3

衛菱趕到公寓房間，看見應門的是王迅，大力吁了一口氣。

「太誇張了！我好不容易才擺脫樓下的記者……」衛菱對他悄聲說，探頭看看門裡，只見角落睡床上，側躺著一副緊緊包裹著被褥的身軀，臉孔朝向牆壁。

「他累得睡著了。」王迅說著讓衛菱進來，緊接把門關上。

房間已不再像先前那麼凌亂，但還是令衛菱吃了一驚。王迅把原本四散的物品收集起來，分類堆在地上。他蹲著繼續整理一疊昔日的籃球比賽場刊。

衛菱看著方宙航側臥的瘦削背影，感受到他的無助。

「他現在怎麼樣？」

王迅把疊好的場刊和舊雜誌搬到櫃裡放好。「我想至少今天，應該沒事了。」

他說著隨手從褲袋掏出一件東西交給衛菱，正是那瓶威士忌樣辦。「我在地上發現的。瓶蓋完好封著，他還沒有打開。」

衛菱點點頭，把酒收進自己背囊。

「可是之後呢？」她猶豫了一刻，覺得現在這麼說可能顯得有點自私，但還是忍不住問：「他還能夠打球嗎？」

王迅並沒馬上回答，只是默默將方宙航從前那些榮譽：「都球」年度新秀獎，三個球季得分王獎杯，逐一排在電視上方的層架上，跟MVP獎座並列。

完成後，王迅滿意地欣賞了幾眼，才把雙手擦乾淨。

「以後會怎樣，誰也不知道啊。」他聳聳肩：「所以有件事情需要你幫忙。」

衛菱正好奇是甚麼，王迅又從口袋掏出另一件東西，向她拋過來。她雙手接著，是個鑰匙包。

「麻煩你找Jerry，請他去我家一趟，替我收拾些衣服帶過來。當然啦，上班服、球衣和籃球鞋一定要拿。」王迅說著，開始摺疊整理方宙航那些堆成小山般的衣物。「我要搬過來住。」

衛菱聽了固然大感驚訝，但是回心一想，又覺得很合理。

——這段時期，盡量不可以讓方宙航孤獨一人。

王迅決定這麼做，就好像那次練習時突然說句「來個新嘗試」，就帶著球隊試行「跑陣」時一樣，很硬來，卻也很果斷和正確。

「為甚麼你不自己回去拿……」衛菱說到一半就明白原因：王迅能夠進來這裡，是方宙航主動開門給他的，也就是說王迅是現在少數能夠讓方宙航信任的人。

——在他情緒穩定下來之前，王迅片刻也不想離開。

「我去拿吧。Jerry那傢伙，太粗心大意了。」衛菱朝王迅搖了搖鑰匙包，微笑說：「還會帶吃的回來。」

王迅聽了這句，也以笑容回答。

在球隊面臨大危機下，兩人之間原有那道無形隔閡，頓時變得薄弱。特別對衛菱而言，在這種關頭有個可以信任又互相了解的同伴，令她心裡壓力減輕不少。

衛菱出門之前，王迅又開口。

「忘記跟你說……」

他用認真的表情，指指她的頭髮和化妝。「你這樣超好看。耳環很適合你，應該多戴啊。」

「甚麼耳環……」衛菱摸摸耳朵，然後「啊」地輕呼出來。原來剛才拍攝時戴的那對向日葵耳環，仍然一直掛在她耳垂，《Hanna》的編輯忘記收回。衛菱為了工作方便，向來都不戴飾物，因此連自己都沒察覺。王迅卻一眼看出她跟平日的不同。

她急忙把耳環小心取下。能夠在《Hanna》雜誌上登場的，當然是昂貴的名牌贊助品，衛菱把它們放在掌心上細看，那些金色花瓣的雕刻和組工非常精細，每一片都是獨立鑄的，中央鑲著一顆清透的紫水晶作花芯。衛菱看著很是喜歡。

「聽說向日葵的花語，是勇敢追逐夢想。」王迅指一指它們。

衛菱聽了不禁噗嗤輕笑。他怎會知道這種事情的？對花語有興趣的籃球員？大概很難再找第二個。

王迅的表情卻很認真。他瞧瞧沉睡中的方宙航，又回頭來看衛菱。

他們兩人的籃球夢想，如今都與方宙航的命運交纏在一起。除了一同向前走，沒有別的路。

「還有希望的。」王迅說。「還有。」

● ● ● ● ◉

龍健一掛了線，神情顯得十分苦惱。

「她怎麼說？」莫世聞躺在大椅上，看著Ken時嘴角帶著笑意。

「聽說他的情緒大致穩定下來……」龍健一說著收起手機。剛剛與他通電的是白曦樺，談的當然是方宙航的狀況。

「哈哈！你相信她？」莫世聞誇張地大笑，然後歎息搖頭：「Ken，算了吧。方宙航這傢伙，我非常清楚，是沒救的了。南曜隊抱著他，就像抱著一顆炸彈。你真的要把自己的前途，寄託在這麼不安定的球隊上嗎？」

龍健一沒有作聲，只是在莫世聞的豪華辦公室裡來回踱步，垂頭沉思。

「現在正是下定決心的好機會！」莫世聞繼續遊說他：「一切事情我都搞定了，眼前有兩支『Metro Ball』球隊任你挑選！KiNet的年薪高了一百七十萬，而且球隊目前的陣容比較配合你，不過合約要簽四年；另一隊是三葉商銀，今季正在全力爭標，希望用你補強內線，你加盟了，說不定第一年就贏到冠軍！這兩隊你要怎麼選都可以，只要決定了要加入哪隊，我叫他們一小時內把合約送過來，同時替你正式解除跟南曜電機的關係！只要動一動筆，你明天開始就是『Metro Ball』的超級新星！」

離開南曜隊。

龍健一聽著這些話，心頭就有股沉重的感覺。

「可是幾個月前，我才當著所有人許下承諾，要帶領南曜電機奪取冠軍。假如這樣半途放棄他們而去，會不會太……」

「最初自然是會受到一些抨擊。」莫世聞笑著甩甩手，示意這只是灰塵般微小的問題。「到時『S&Y』的公關機器，會全力開動為你帶風向。只要你在『Metro Ball』打出好成績，那種小事人們很快就會忘記。相信我吧，Ken。我在這圈子已經打滾幾十年，見慣風浪，不管哪個球員犯了甚麼錯誤，形象受了甚麼傷害，只要贏球，都能掩蓋過去。球迷是很善忘的。Winning cures everything（勝利能療癒一切），這句老話你也應該聽過吧？」

龍健一很清楚莫世聞說的確是事實。但他關心的不止是公眾形象。明明許下了承諾，卻就此半途跳船，他心裡很難放過自己。

莫世聞觀察到Ken的為難神情。他早就了解，這傢伙雖然年紀輕輕，責任心卻非常重，於是又繼續勸導：「即使你離開南曜電機，也算不上甚麼過錯啊。職業運動就是這樣：每個人都在不斷尋找最好的位置，把自己的才能和價值做最大限度的運用。球員生涯是很短暫的，再加上隨時受傷的風險，誰也沒有時間浪費。所謂『忠誠』，在球壇裡只是一種虛幻的東西——球隊要把球員交易出去或者開除時，又何曾談過感情？」

Simon這些話並非沒有道理，龍健一卻仍在猶豫。

他當然很渴望進入「都球」，那才是真正屬於他的舞台，一天未登上去，不管他在球場上多努力，都無法得到應有的尊重——他至今還沒有忘記，在那次「鋼筆派對」裡，被任鎮武等幾個「Metro Ball」球員奚落，卻半句也無法反擊的屈辱。

Ken卻同時很清楚：只要自己一離開，現在的南曜隊就會馬上崩潰；這三個月來球隊的變革與融合，進步與勝利，這段如此美妙的旅程，將遽然而止，煙消雲散。

——而他與王迅、衛菱、葉山虎這些同伴，在這段日子萌生的羈絆，也都將變成逝去的幻夢。

成為了職業籃球員，龍健一當然很明白，在他生涯裡早晚都要面對類似的事情；可是這幾個月來，他在南曜隊所經歷的一切，到底具有多大價值，此刻他還是無法斷言。

——捨棄了這些，我將來會不會後悔？

龍健一抬頭看看辦公室四周擺設。到處放滿了莫世聞與多年來代表過的頂級球星的紀念品，當中自然也包括方宙航：在效力豐山堂隊、打進了「都球」總決賽的生涯最高峰裡，方宙航正開懷笑著，熱情擁抱莫世聞合照。

「再給我一天。」Ken直視莫世聞：「明天，我給你答覆。」

他說完就推門離開。莫世聞在他身後做了個握拳的振奮動作，心裡胸有成竹，深信Ken想在「Metro Ball」大展身手的欲望，最終必然蓋過一切。

在莫世聞眼裡，龍健一這個還未滿廿歲的小子，無論天賦、技術、球商、外貌、人品、鬥心……每方面都接近完美，唯獨欠了點「狼性」——就是那種不惜一切、不管傷害到誰都要攫取成功的心態。

一個在罪惡貧民區生還走出來的年輕人，竟然在這方面有所不足。當莫世聞察覺這點時，實在有些意外。

——在職業運動裡，這種冷酷，往往就是「偉大球員」跟其他人的分野啊。

既然這樣，就由我來推他一把吧，莫世聞心想。為明星掩蓋弱點，不就是經理人的工作嗎？

他從辦公椅站起來，走到放滿球星紀念品的架前，凝視著自己跟方宙航那幅合照。

在照片凝結了的那個時期，方宙航曾經是莫世聞最引以為傲的客戶；是他身為運動界「經營王者」那頂冠冕上，鑲嵌在中央最大最閃耀的寶石。

後來方宙航的墮落，並沒有傷害到莫世聞的名聲——畢竟「S&Y運動經紀公司」實在太強大，沒有人敢把這件事歸咎於他。但莫世聞心裡始終十分介懷，覺得自己錯過了一次創造歷史的機會：他原本期待方宙航能夠成為「霸王」林迦那樣的籃壇永恆傳奇，帶著他攀登到經理人生涯的最頂峰。

——幸好，上天又給了我第二次機會，把Ken放進我口袋裡！

——至於方宙航，很好，到最後這傢伙還是有點用處。

一如莫世聞預料，那個六年前的秘密一放出去，果然引發起巨大震盪。他並非真的恨方宙航，對楊黛雪也有些抱歉；如果有得選擇的話，他也不會想影響他們。

——但是要把Ken推上正確的道路，就非得要這麼大的力量不可啊……

莫世聞伸手把那幅合照取下來，連同相架拋進廢紙簍裡。

——Bye bye了，「戰神」。

● ● ● ● ◉

到了大廈地底停車庫，坐上跑車之後，龍健一撥個電話給孫澈。

「澈哥，還記得上次我跟你說過的事情嗎？現在你就要決定：假如我把自己的職業生涯交到你手上，讓你當我的經理人，你要怎樣經營？我只給你一次機會，明天就向我推銷你的計劃。**讓我看看你的價值。**」

● ● ● ● ◉

衛菱打開王迅的公寓房門，第一眼看見內裡，發現完全跟自己的預期相反。

以男生房間的標準來說，實在整潔得太過分。地方雖然很小（跟衛菱自己的公寓單位差不多），所有東西卻都收納得井井有條，角落那個迷你小廚房的潔淨程度好像家具店的展示場景，就連床鋪都平滑得沒有一點摺紋。

衛菱還以為性格豪邁、小時候是個鄉間野孩子的王迅，生活一定很隨性，但原來起居習慣比她還要乾淨，令她頓時臉紅。

更教衛菱驚奇的，是貼滿在房間四壁那許多不同畫作。她完全沒想像過，王迅這個小小的私密世界，竟然是這模樣。

還是做正事要緊。衛菱很快就發現，尋找王迅需要的各種衣物實在太容易了，全部早就分類整齊疊放在衣櫃內。上班用的兩套西裝連同白襯衫都包在衣袋裡，懸掛於衣櫃旁接近門口處，為了能隨時拿走，節省早上趕往晨練的出門時間；球衣和所有籃球必需品，也全部放好在運動袋內，並且已經分成平時練球用和比賽日專用兩袋，根本不用再四處收集。

不消一會，衛菱就集齊了王迅必要的衣著。她順道替他拿了牙刷和毛巾，還有幾套內衣褲——若是換作其他女生可能會覺得尷尬，但衛菱當了兩年多訓練員，天天都要處理沾滿男人體汗的球衣和用品，幾條乾淨內褲根本不當一回事。

執拾完成後，疲倦的感覺才襲上衛菱心頭。今天雖然沒有訓練，但是她一大清早上就要讓髮型師和化妝師擺弄三小時，同時還接受了《Hanna》編輯的詳細訪問；之後是差不多四小時長的攝影工作，緊接又做了阿雙哥的專訪……當她以為終於可以下班時，又受到龍健一可能離隊的消息和方宙航事件的接連衝擊。如今衛菱才稍稍有休息的空閒，身心的倦意濃濃地散發。

她暫時不想再思考球隊的未來。想也沒有用。無論是方宙航還是Ken的事情，都超出了她這個教練能夠控制的範圍。

——假如他們都不在，球隊肯定無法打進季後賽。

——那麼過去這幾個月，就等於作了一場美夢……

衛菱坐在王迅的床上，不知不覺就躺了下去。

被貼滿各種圖畫的牆壁包圍，她感覺像置身奇異的夢境中。

明明只是第一次來的陌生地方，王迅這房間卻令她整個人都很放鬆，自然就想入睡。

——不行啊。他還在那邊等著我呢。

她懶洋洋地爬起來跪在床上，把臉湊近牆壁，仔細看看那些繪畫。

衛菱雖然早就見識過王迅留在筆記旁的漫畫塗鴉，但牆上貼的這些畫作又很不一樣，裡面有各種鉛筆素描，單純線繪的圖案設計，以至模仿浮世繪筆法的景物畫。描寫對象甚麼都有，人物、奇奇怪怪的傳説生物、建築、球鞋、花朵……似乎只要是覺得有趣的東西，他都會嘗試畫下來。

當然，即使是衛菱這個外行人都看得出，王迅的畫技並不是真的很厲害，遠遠不算甚麼藝術家或專業畫師，只是為了自己好玩畫的而已。

但那股探索與創造的熱情，卻假不了。

看著這些圖畫，衛菱就更肯定：早前自己回答阿雙哥時，關於王迅的那些形容都合乎事實。

她再次躺在床上，瞧著王迅每晚都會看見的天花板。

「你知道嗎？」

她一個人喃喃自語。

「你在不知不覺間，改變了身邊許多人。今天這支南曜隊，完全是靠你連結起來的。」

4

龍健一從跑車的駕駛座瞧向窗外，神色帶著憂鬱。

每段殘破又熟悉的街道，不斷從兩旁掠過，令他有種時光倒流的感覺。

他幾乎已經忘記，自己多久沒有回來。

——其實並不是真的那麼久啊。

——上一次，就是我從這裡把媽媽接走。

沿途不斷有人認出他的車，在路邊熱烈揮臂高呼。

「Ken！Ken！」

他隔著窗揮手回應。自從駛入陂島貧民區的範圍後，龍健一的跑車就引起街坊哄動，後面集結了一堆追逐的人，大都是青少年。他只好把速度放慢，以免孩子們追得太辛苦。

跑車緩緩駛近「灰石球場」。龍健一隔遠就看見，球場對面街道上早泊著幾輛車，包括孫澈那部四驅吉普。他也停泊在它們後面。

「Ken！你回來了！」追來那群孩子興奮歡呼，迎接著他下車。許多住在附近樓房的街坊也都聚攏過來，裡面夾著十幾個大人，他們許多不是嘴巴叼著香菸就是手裡拿著啤酒罐，以羨慕眼光盯著那輛昂貴跑車。

眾人簇擁著Ken，許多孩子伸出手跟他擊掌，也有人急不及待就索取簽名。Ken取下太陽眼鏡，一一回應他們的索求。

「怎麼不多回來啊？」一把熟悉聲音在群眾裡響起。

正在簽名的Ken抬頭，就看見身材只比自己矮幾吋的馬鴻斌，排開孩子們走了過來。Ken笑著跟他碰碰拳，互相大力擁抱。

Ken打量著馬鴻斌的模樣：雖說已經入春，天氣仍是乍暖還寒，他身上卻只穿一件寬鬆T-shirt，外面套著殘舊的森川重工紅球衣，好幾處都磨破起線，下身則是骯髒的運動長褲跟薄薄的人字拖鞋，顯然不是上班的打扮。

——就跟坊眾裡其他成年人一樣，這個下午三點時段仍在街上蹓躂，自然是因為沒有工作。

馬鴻斌依然很壯，黝黑臂膀十分結實，球衣底下卻已經隆起不小的肚腩。Ken記得馬鴻斌只比自己大十歲，正常來說不應該發福成這副模樣。

在陂島，馬鴻斌曾經是響噹噹的名字——甚至說他就是十年前的龍健一也不為過。只要是熟悉這區的老街坊，如果要數算「灰石球場」歷來最頂尖的籃球高手，通常數到三個名字內就會提及馬鴻斌。以前Ken還是小學生時，已經天天流連球場看馬鴻斌打球，他那輩孩子對馬大哥的崇拜程度，絕不下於對電視裡的「Metro Ball」明星。當時所有人都說：馬鴻斌將來會是陂島出身最有名的球星。

高中畢業後，馬鴻斌順理成章被籃球名門文榮大學以全額獎學金招攬，然而只待了幾個月就退學回來老家。他沒有解釋原因，但大家從媒體報導隱約都知道大概：無法適應大學球隊的嚴格紀律和系統；自我意識太強，經常與教練發生衝突，令自己上場時間大減；在校園宿舍玩得太瘋狂，完全忽視課業……

輟學後他曾經打過兩支「AAA聯賽」球隊，靠籃球賺到一點錢，但仍然因為個性和紀律問題引發不和，兩次都沒有待完整個球季，就被球隊中止了合約。他的真正目標當然是想跳去打「都球」，但是由於已經蒙上惡劣風評，加上生活放縱令身體狀態不穩，最終並沒有任何「Metro Ball」球隊願意試用他。此後他就再沒有正式打籃球了。

「他把自己的前途沖進了馬桶。」這是陂島鄰里對他際遇的形容。

看見馬鴻斌如今這副落魄模樣，龍健一有點心酸，但是盡力不表現在臉上。

「我有看你打球啊，最近狀態超棒的！」馬鴻斌拍拍Ken的肩膀。

Ken只好微笑回應。他能夠說些甚麼呢？Ken現在擁有的一切，曾經距離馬鴻斌多麼接近。差別只在於態度和決心。

那時候沒有人教導馬鴻斌要怎樣做。就算有，他大概也聽不進去——受到四周太多讚美與期許，令馬鴻斌錯誤地以為，光明的未來自動就會到手。

龍健一正正就是看著馬鴻斌失敗的軌跡，經常警醒自己要避開這些人生陷阱。

大道理很多人都會說，但是要嚴謹地實踐，卻是另一回事。在陂島和市內各貧民區，每年都有無數像馬鴻斌這種破滅的籃球夢，已經變成一種常態；反而像龍健一或者孫澈，能夠切切實實地靠著打球脫貧的才是異數。

「Ken，你最好先過去那邊打個招呼……」馬鴻斌這時說，指指對面街的「灰石球場」前方。

龍健一循著他的手指看過去。那邊停著一輛很大的紅色轎車，車窗都裝了深茶色玻璃，改裝車輪圈發出浮誇的閃亮銀光。有兩個身材高大的男人站在車前，穿著黑色外套，遠遠也令人感覺出危險的氣息。

龍健一看見這輛怪獸似的大轎車，原有笑容頓時消失。但他知道自己不得不過去。他橫過馬路時，後面那群坊眾沒有一個敢跟著來。

Ken走近的同時，轎車後座車窗降了下來，出現一張年輕男人的臉，膚色與Ken同樣白皙。

龍健一主動向車窗伸手，跟這男人相握。他盡量保持友善平靜的表情，既不想顯得太熟絡，也流露著足夠的敬意。

「很漂亮的車啊。」坐在車裡的奧雷埃，用紋滿刺青的手背擦擦鼻頭，指向Ken的跑車。

「我還買不起。」Ken微笑搖頭：「經理人借我用的。大概是用公司名義租來，可以當作開銷扣稅吧？」

「真好。球星的專利呢。」奧雷埃輕拍Ken的手臂。「你是我們陂島人的榮耀。」

「謝謝。」Ken與他再次握手。

奧雷埃和Ken一樣，是在這片貧民區土生土長的俄羅斯裔。他只比Ken大四歲，兩人從小就認識，不過並不算親近，只因奧雷埃很早就走上另一條路。他沒有Ken的運動天賦，讀書頭腦也不夠好，唯獨遺傳了父親的體格和膽量。像這樣的年輕人，除非甘於平凡，否則生在貧民區，剩下能夠出頭的途徑並不多。

Ken記得自己兩年前離開陂島去上大學時，奧雷埃還只是區內毒販頭子魯力克旗下一個小小頭目；大半年前，魯力克被人當街幹掉了，死時只有廿九歲，小他七歲的奧雷埃就趁機搶下了位置，成為這一帶街道最令人生畏的老大。

他們那個世界就是這樣：職業生涯通常比球員還要短，而且很少人能夠安然退休。

——Live fast and die young，是他們走這條路所付出的代價。

Ken半點都不想跟這種人扯上關係，因此也沒主動跟奧雷埃攀談舊情。兩人相對無言好幾秒，奧雷埃才打破沉默。

「阿澈昨天已經跟我打過招呼，他說想跟你回來玩玩。」奧雷埃指著包圍在鐵絲網裡的「灰石球場」：「他在裡面等你，進去吧。車放心擺著就行。我說過，你是我們的榮耀，你回來這裡，比在任何地方都安全。」

Ken握拳在心胸上輕輕擂了兩下，表示對奧雷埃感謝，接著步向球場。跨過一堆破碎的吸毒針筒，龍健一走進球場正門。

「灰石球場」仍然是老樣子。對比四周殘舊的街道房屋，這裡就像另一個世界，水泥地面鋪得平整，界線的漆色保持鮮亮，球架、籃板和籃框都用上專業貨色，四周的鐵柱掛著大型強力照明燈。這些昂貴器材，要是放在陂島其他地方，不到半天就會被人拆走變賣；可是在「灰石球場」，沒有人會碰。

因為這是個能夠誕生奇蹟的地方，予人脫離貧窮的希望。籃球場，對這裡所有人而言，如同聖域。

整個陂島區內有十四座街頭籃球場，「灰石球場」卻是公認的最高殿堂，地位數十年來從未動搖。沒有在這裡證明過自己的實力，就沒有資格自稱陂島球手。

龍健一當然證明了，還一舉登上這裡食物鏈的最頂端；但是他至今仍無法忘記，自己只得十歲那年首次踏進「灰石球場」的界線裡鬥球，是多麼可怕的經歷，那感覺猶如走入弱肉強食的叢林。

至今他也不明白，當時的勇氣從何而來。雖然已經長到5呎7吋（170公分），身高堪比不少成人，但精神和體質始終仍只是小學生。與許多同齡孩子不一樣，Ken的生命裡既沒有父親也沒有兄弟，他是在完全無人帶引拱護下，以孩子之身獨自一頭闖進這個男人的世界。

如今回看，那是他人生裡做過最好的決定。沒有早早在「灰石球場」裡日夕磨練，就不會有今天的龍健一。

而有份鍛鍊他的五個人，此刻就在球場裡。

穿著貼身背心的孫澈，正在跟四個男人打球，他們全都廿來歲，圍在籃下嬉鬧的模樣卻像群小孩。球賽沒打得多認真，甚至有點像摔角，五個渾身汗水的大漢呼叫著，互相扭成一團。

「來啦！」孫澈看見Ken馬上高呼，其他人也都停下來揮手。孫澈趁機把籃球從最矮小那人手上搶過來，大笑著逃開，同時問Ken：「你還認得這些傢伙吧？」

Ken當然一眼都認出來——從前每天在球場上相見的人，怎會輕易忘記？

「媽的，你這小子長這麼高啦？」四人裡身材最壯的牛輝率先跑過來，跟龍健一碰個拳頭。即使現在，Ken心裡都隱隱對牛輝有點害怕，他很清楚記得，第一次跟這個粗野傢伙打球，就被那保齡球般又圓又硬的肩頭撞得飛上鐵絲網，嘴角破損弄了一臉血。但那時Ken吞下血水，堅持繼續打下去，因為他知道要是就這樣退縮，以後誰都可以靠犯規阻止他。結果那場球他還是打輸了，不過牛輝再沒有刻意侵犯他，眼神中反而流露出認同。

「是你自己太早停止發育了吧？」盲崑在旁譏笑牛輝。他6呎4吋，是這夥人裡唯一稍稍能夠跟Ken較量身高的一個，同時擁有非常柔軟的中距離跳投和小勾射，在進攻技巧上，一度曾是Ken的啟蒙。

其餘兩人老鼠和板王，聽見盲崑這句話都哄笑起來。牛輝恨得牙癢癢，摟著盲崑的頸項再次與他摔跤。

這四個名字當然全都是外號。龍健一知道他們每個人的真姓名，但是一見面，自動從腦海跳出來的，仍然是當年天天叫喚的花名。

他們是跟孫澈同期、年紀輕輕就在「灰石球場」上稱雄的夥伴，全部都曾是少年龍健一憧憬和學習的前輩。澈哥的華麗控球和傳送；老鼠神準的外線跳投；牛輝強行切入及背籃打的爆發力；板王衝搶籃板球的彈跳力和突擊快攻的速度；還有盲崑坐鎮中央的攻守能耐……這五個同期生陣容非常完整，能力和技巧互相補足，在全盛時期只要齊集一起上場，通常都能夠雄霸「灰石球場」一整晚。

跟這四個久違的前輩閒聊一輪之後，龍健一凝視著孫澈。

今天孫澈就要作出生涯決定，向龍健一介紹他的經營大計。這是非常重要的日子，隨時決定他們兩人的未來。可是孫澈竟然約了他回來陂島見面，還找齊這群舊球友，龍健一實在不明白，澈哥到底想表達甚麼。

「來。」孫澈把球拋給Ken：「難得人都到齊了，你不是不打吧？」

Ken接住那顆已經不知在戶外場地打過多久、傷痕累累的殘舊籃球，同時看見五人都回到了場裡。他知道澈哥不會做沒有意義的事情，於是也脫去外套和格子襯衫，只剩下一件背心走過去。

他們用猜拳分成兩隊，馬上打起半場三對三。最初只是很輕鬆地玩，幾乎像輪流投球。可是處身從前天天為尊嚴戰鬥的主場，無數舊記憶漸漸湧上心頭，才打了不夠10分，每個人都自然變得認真。牛輝與Ken的身體碰撞越漸激烈，互相搶奪著籃下空間。老鼠頻頻從三分線出手，那跳投姿勢很不標準，好像從胸口推出去一樣，可是出手卻非常快，令人難以封蓋，而且準度仍在，每次進球後他就得意地嘟起嘴唇，向防守他的人示威。孫澈展開拿手的運球，節奏像機關槍般頻密，腳步「之」字形在對手間穿插。板王搶到空檔，雙腳起跳想猛力灌籃，卻被盲崑的大手掌狠狠蓋了下來。

「Get da hell outta here！」籃球遠遠飛到鐵絲網，盲崑興奮高叫，朝板王隆起手臂二頭肌。

毒販奧雷埃被這聲音吸引，走下了轎車，跟兩個手下站在場外看球。原本聚集在對面街那群人看見，也都放膽走過來，很快就把「灰石球場」四周團團包圍。有些孩子比較矮小，被人擋住視線，就索性爬上鐵絲網高處觀看。

龍健一已經完全投入了鬥球。少年時對這個球場的記憶，統統都回來了。他下身穿著的是牛仔褲跟帆布鞋，身手卻半點沒受妨礙，一次接一次在水泥地上飛躍。陽光底下，他的金髮與白皙身軀閃耀著光芒。

Ken跟他們分別已經六、七載，如今再次對戰，他驀然發覺自己從這五個前輩身上學到的東西可真不少：澈哥的傳球觸覺；老鼠跳投前的腳步配合和假動作；盲崑的封阻時機；牛輝用力量推擠對手的方法；板王的跳躍技巧……

他們全都有份塑造出籃球員龍健一。

Ken仍是小學生時，身材就遠遠超過同齡球員，可是在「灰石球場」裡，圍繞他的全是年紀大一截的青年和成年男人，他相對變了矮子，只能擔任後衛；直到十三歲後他急速發育拔高，身材開始超越多數大人，在「灰石球場」

鬥球裡，擔任的位置也漸漸推進上鋒線。正因為有這樣特殊的經歷，Ken很早就練出全面的技術，協調性也遠勝許多從小只依賴身高打球的人。

不過在Ken徹底展現出籃球天賦、漸漸成為矚目的高中籃球員時，孫澈他們幾個早就靠籃球拿到獎學金，離開陂島去讀大學了，Ken錯過了把他們從「灰石霸者」的王座拉下來的機會。

如今Ken已經是全職籃球員，他們五人卻顯然早就疏於打球，在場上一較量，那差異相當明顯。Ken每次碰到球，都變成個人表演。

只見Ken一記飛跳，將老鼠的跳投猛力封下來；然後用速度和力量壓過牛輝，追上飛去的球；他帶球回身快攻，兩次急密換手運球，晃過上前攔截的盲崑，再衝鋒躍起，施展出強猛的大車輪灌籃。籃框的扣響，引爆四周觀眾的歡呼。

這時「灰石球場」外頭已聚集著幾百人，許多都是從附近街道聞風而至。有些是現在陂島區內的中學球員，正開始作著自己的籃球夢，龍健一正是他們的目標，如今親眼看見本尊近在面前，就在他們每天流連的主場裡打球，這景象彷如夢幻，他們的視線一秒也沒離開他。

有群衣著性感的年輕女孩，大著膽溜進球場裡，就地坐在邊線旁。她們盯著Ken的著迷眼神，就像看見希臘神祇下凡。

站在鐵絲網外看球的還包括附近許多流氓混混。他們屬於不同幫派，有些正跟奧雷埃不和。奧雷埃很快就發現了他們，但並沒有做些甚麼，只跟對方遙遙對視點點頭，彼此都有默契：

——在「灰石球場」，籃球，比一切都重要。

「再來一個！」下一球，與Ken同隊的孫澈大叫著，雙手把球往高空傳出。這個高度一般球手是摸不到的，可是Ken衝刺躍起伸盡長臂，準確將籃球撈住了。他仍在空中就順勢半轉身，今次來了一記接球雙手背扣，瞬間凝止在籃框前的身姿，優美得像芭蕾舞蹈家。

群眾像發狂般搖動鐵絲網。連奧雷埃都忘形地舉起雙臂，發出興奮嚎叫。

「不行了……」牛輝率先喘氣投降，在場邊坐倒，宣佈這場表演結束。其他五人互相擊掌，也都坐下來休息。圍在外頭那些學生球員早就按捺不住，一見球場空了出來，馬上衝進去爭相射球，有的還嘗試模仿剛才龍健一的灌籃招式。「灰石球場」裡一下子塞進幾十人，就像變成嘉年華場地。

孫澈把瓶裝水遞給Ken，坐到他旁邊。

「我今天是特意約這幾個傢伙來的。真要謝謝他們呢。」孫澈指著四個舊友說。「哈哈，說起來，我真是個不合格的私人助理。要是你在這裡扭到腳，那就大大糟糕了。」

球。

——龍健一的南曜隊球員合約裡，確實有條款禁止球季期間在外面打街

「的確很令人懷念呢。」Ken瞧著這些老朋友，還有球場裡玩鬧著的人群，深深吸了一口熟悉的空氣。

孫澈點點頭：「說起來你也許不相信：牛輝這粗魯傢伙，現在竟然在會計行上班！他還在一邊進修，大概再過兩年，就能夠自己當會計師了。」

他指著那幾個人繼續說：「盲崑在廣告製作公司當助理導演，兼任收音師和攝影師；老鼠呢，你別看他樣子還是這麼膽小，現在在私人保安公司工作。板王是唯一讀完大學後仍然回來陂島居住的人，開了家咖哩飯及炸雞的外賣店，在這裡僱用了十幾個街坊呢。」

至於孫澈本人就不必說了。他們五個都靠打籃球獲得獎學金入讀大學，憑這個機會脫出貧民區泥沼，得以改變人生。

龍健一喝著水，看著這幾個前輩，開始明白澈哥今天叫他回來陂島的原因。

「我想讓你記起：從前我們克服了多大的逆境，才逃出了這裡。」孫澈說著，指指球場裡的馬鴻斌：「只要稍微走錯一步，或者有一刻軟弱，我們都可能離不開。」

Ken也瞧向正在悠閒地玩球的馬鴻斌。只見他一記接一記跳投，姿勢仍然漂亮，每球也準確無誤地掉進網心。但從前那個馬鴻斌所散發的銳氣與光芒，如今早已消失無蹤。同樣準確的投球，失去了當初那股充滿希望的意義。

「我們成功了。不管以後怎樣，我們都是贏家。不要忘了這一點。」孫澈把臉轉過來，直視著Ken：「接下來的故事要怎麼寫，你是完全自由的。」

Ken知道，澈哥說到重點了。

「莫世聞確實能夠馬上安排你簽約，加入一支有爭標能力的『都球』隊伍，也許讓你今年就得到冠軍指環；之後在你漫長的職業生涯裡，再多拿幾次冠軍，贏幾個個人獎項，打破一堆紀錄，退役後成為球壇歷史上另一位經典名將……這就是他為你描繪的生涯藍圖吧？」

Ken微笑：「難道有比這更好的嗎？」

孫澈聳聳肩：「的確，很難再有更好的了。」

他站起來，看著球場上那些孩子。

「可是，那也不過是『另一位名將』而已。並非『唯一的龍健一』。」

Ken雙眉揚起來。

「要是我把自己交到你手上，你要怎麼寫我的未來？」

「你加盟了南曜電機，最初只是因緣際會促成的事情；可是現在看來，卻是非比尋常的幸運。」孫澈回答：「沒有比這更絕妙的生涯開端：一支幾十年前曾經擁有光輝歷史的老牌球隊，在你帶領下扭轉命運重振名聲，還扶助了一位前MVP傳奇得到救贖，一舉奪下『AAA』冠軍晉級『Metro Ball』；球隊將來繼續以你為核心，逐步爬升，成為頂尖強豪，建立一個『南曜王朝』。」

「你想像一下，這不正是人人都想看的故事嗎？」

「這會不會有點遙遠？……」Ken疑惑皺眉。

「每個傳奇在沒有實現之前，都是遙遠的夢想。」孫澈回答：「我不會否認一個事實：莫世聞為你描繪那幅巨星藍圖，實現的機會比我所說這個大得多。但是在我眼中的你，遠不止那樣。你在球場上的能耐和潛力，你的個性，你的樣貌外表，你的個人魅力……擁有這麼完美條件的球員，上一個也許就是方宙航。可是他走錯了路，失敗了；你卻能夠完成他沒有完成的事。我對你有這樣的信任。**『唯一的龍健一』。這才是你應該追求的目標。**」

「只要你願意向這個目標進發，我答應你，我會盡一切力量和熱情，幫助你寫出這個故事。」

孫澈這番說話，令Ken心頭激動，不禁站起來。身邊和球場裡的人群仍是一片喧鬧，他心裡的世界卻像突然靜了下來。他仔細看著「灰石球場」，這片他從前的出發地，熟悉的籃框和鐵絲網，每根漆色剝落的燈柱，那些滿佈在混凝土矮牆上的塗鴉。他再眺視鐵絲網外遠方，看著那一棟棟灰黑殘破、數量彷彿無止無盡的公共樓房。

他回想在這裡生活了十八年的一切。那些時刻圍繞在身邊的危險和罪惡。蜷縮在每個黑暗角落的毒癮者。午夜令人從睡夢中驚醒的槍聲。因為繳不出費用被截掉暖氣的寒夜。空氣裡永遠帶著的那股臭水溝氣味。

還有一張張突然就永遠從身邊消失的年輕臉孔……

——澈哥沒有說錯。

——相比我們從前所經歷的一切，現在沒有甚麼好害怕的。

「澈哥，有一點你要清楚。」Ken凝重地看著他：「我們真要實行的話，你冒的風險比我還要大得多。」

背叛了莫世聞這種地位的人物，假使最終沒有獲得想像中的成功，對龍健一還不會致命——只要仍保有場上的實力，Ken在球壇裡始終都能找到容身之所；但對於孫澈就不一樣了，他肯定會受到Simon的打壓和報復，很可能從此無法在運動經紀界立足。

「這個我當然知道，也已經有了心理準備。」孫澈笑笑，喝一口水後繼續說：「你可別誤會，我這麼做不是因為很偉大。現在我面前，有一班名叫『龍健一號』的高速列車，能夠帶著我在三十歲前就當上明星球員經理人。這種機會一生不會再有第二次，就算會摔死，我說甚麼也得跳上去！」

Ken聽完點點頭。澈哥說得這麼坦白，反而令他覺得值得信任。

很好，一切都很清楚了。如今就只剩下最後一件事情，Ken必須要確定。

他拾起放在場邊的外套，從裡面掏出手機，在通訊錄裡找出王迅的號碼。

龍健一過去十幾年的籃球生涯，只有一次為了別人而做決定：那是媽媽病危的時候，他為了即時得到最多的醫藥費，加盟了南曜電機。

現在，是第二次。

電話一接通，對方很快就接了，似乎生怕鈴聲會吵到旁人。

「怎麼了？」話筒裡王迅的聲音顯得很疲倦。Ken猜想，他一定沒怎麼睡。

——因為整晚都在看顧方宙航吧？

「我只想你誠實回答我一句。」

Ken沒有多說開場白，用嚴肅的語氣單刀直入：「餘下的球季，方宙航還能夠繼續作戰嗎？」

對面沉默了好一輪。

Ken無言等待。孫澈神色凝重地站在一旁等著。

電話另一頭，位於繁華東區的那個公寓房間裡，下午的陽光曬進來，室內一片寧靜。王迅拿著手機，瞧著仍然背向他縮在床上沉睡的方宙航。他不知道要怎樣回答龍健一。他很想輕鬆地給出一個樂觀而肯定的答案，但同時也不想說謊。

Ken打電話來時，王迅正在整理方宙航的十幾雙球鞋，把它們一一放回正確鞋盒裡。現在他另一隻手上，提著一對黃色的Kobe球鞋，是方宙航生涯高峰期留下來的「遺物」，王迅記得小時候就在電視上見過「戰神」穿著它們打球的英姿，如今把實物拿在手裡，有一種十分奇妙的感覺。

電話裡Ken依舊耐心地等著，並沒有催促王迅。他要聽的是深思熟慮後的真實答案。

「老實說，我不知道。」

王迅回答的聲音裡帶著沙啞。

龍健一深深皺眉。連一向樂觀的王迅，都只能給出這樣的答案，就知道方宙航情況有多嚴重。

孫澈在旁看見Ken的表情，心裡涼了一截。他的事業未來，同樣繫於此事。

王迅垂頭，看著手指扣住的那雙殘舊球鞋。

許多往事，還有這段日子在南曜隊裡發生的各種畫面，一一襲上心頭。

「可是……」王迅在手機裡說：**「我絕對不會放棄他。」**

Ken聽見，雙眉揚了起來。

王迅這語氣，跟剛才的孫澈很相像。

——我對你有這樣的信任。

「好。這就夠了。」

龍健一說完把通話掛斷，再次面對孫澈。

「澈哥，勞煩你在今天內為我寫一封聲明……」

他說到一半停下來，如釋重負般歎息，然後展露出已失蹤了好一段日子的燦爛笑容。

——跟隨自己的真心。這是決定事情的最好方法。

「替我告訴莫世聞，我把他炒掉了。」

5

「爭冠夢碎！南曜電機大崩潰!!」

龍健一與金牌經理人莫世聞決裂的消息，曝光才不到一個小時，本地的運動網路媒體就出現了這樣的標題。

Ken這個決定猶如在球壇投下一顆巨大炸彈。一個連首季都還沒打完的次級聯賽新人，竟然把本市歷來最成功的職業運動經理人解僱掉，而且事前毫無徵兆，這實在超乎所有業界人士與球迷的想像。

體育記者運用所有消息網絡去挖掘原因，還是無法偵查出兩人為何關係破裂。

這個轟動消息是在早上公開的，莫世聞還沒來得及回到「S&Y運動經紀公司」所在的辦公大樓，車子就在停車場大門前街道被記者群截住包圍。面對許多追訪鏡頭，平日一遇上媒體嘴巴就像機關槍的他，竟然罕有地封口不談，還露出一副驚愕憤怒的模樣，所有人都看得出來，他也被這個變故殺得措手不及。

由於這件事距離方宙航昔日醜事被公開還不夠四十八小時，記者和網路寫手自然把它們串連起來評論，因此就出現了「南曜隊已經崩潰」這麼重的判斷。

白曦樺得知龍健一解僱了經理人的消息時，神情就跟莫世聞一樣憤怒。

「到底發生了甚麼事？為甚麼沒有人預先告訴我？」

企業家最討厭就是無法預見的風險；而白曦樺非常清楚，世上最難確定的生意因素是「人」。所以她一向認為，球隊並不是一種良好的投資。

她這種憂慮似乎真的應驗了。「南曜籃球隊」這條船，好像忽然被捲進一浪接一浪的亂流漩渦中，頃刻就要失控覆沒。

白曦樺正要緊急聯絡康明斯和衛菱時，她的辦公室電話卻率先響起來。

「總裁……」接線秘書說：「有個叫孫澈的人找你。他自稱是龍健一的……新任經理人。」

同一時刻，暫住在方宙航家裡的王迅，也收到龍健一的電話。

「關於我的事情，你們不用擔心。」Ken的語氣一貫地成熟沉著，而且開門見山就先講重點：「細節我目前無法多說，還需要一點時間落實。但是請你們相信我。勞煩你把我這句說話，轉告給所有隊友。」

「為甚麼找我轉達？」王迅皺眉：「你可以找關隊長或者葉山隊長啊！」

Ken在電話裡稍稍沉默了一會，才說：「我覺得現在的球隊裡，除了衛菱之外，你是最能夠說服大家的人。」

電話掛上後，王迅陷入沉思。

他當然知道隊友們都已經看到新聞，正在各自私下討論。兩天內接連受到方宙航和龍健一兩宗事件撼動，原本形勢大好的南曜隊頓時軍心大亂，大家對於球隊的未來都感到極度不安。

這幾個月來，他們已經享受過連戰連勝的美妙滋味，好不容易重建了球隊的尊嚴，誰也不想再次回到從前挫敗的泥沼。

「假如一口氣失去Ken和方宙航兩個，我們球隊會變成怎樣？」

這是每個南曜隊員心裡最大的憂慮。誰都不敢想像後果。

可是從剛才Ken通話的聲音裡，王迅聽得出一股沉穩的能量。

在這個混亂時刻，他心裡反而有個直覺：

南曜隊的未來，很有希望呢。

「你一個人在傻笑甚麼？怪怪的。」

剛梳洗好的方宙航，穿上一件乾淨T-shirt，瞧著王迅問。

先前方宙航一直斷斷續續地昏睡，躲在被窩裡幾乎完全沒起過床；今天他卻突然很早就醒來，即使臉色依然蒼白，但至少比先前恢復了一點元氣，神態也變得平靜。當日他倒在王迅肩上盡情痛哭的事情，就像從來沒有發生過；王迅突然住進這裡也好像理所當然，方宙航沒有過問半句。

「沒甚麼啦……」王迅回答同時，忙著把龍健一的說話用短訊個別傳給隊友。

方宙航看看房間四周，全都被王迅收拾整齊了。就連那個窄小又簡陋的開放廚房，也變得清新光潔，所有杯碗餐具全部洗淨和重新分類放好。

「傻瓜，這裡是飯店式公寓，有附帶免費打掃服務的呀……」

方宙航嘴上這麼說，心裡還是對王迅充滿感激。

只不過相隔兩天，這個家連空氣裡的味道都變得不一樣了。

方宙航的視線停留在牆壁木架上，那裡排列著他昔日各項榮譽。他凝視著最大那座「都球MVP」，默然無語。

「抱歉，我沒問過你，就擅自把它們擺出來。」王迅不好意思地抓抓眉毛。

「我們去跑步吧。」

方宙航突然這麼說，並且馬上走到門旁，從鞋架裡找出一雙很久沒穿的骯髒跑鞋。

「可是樓下還有許多記者啊……」

方宙航只是聳聳肩。

他們換上跑步裝束，一起出門下樓去。

守候在公寓外街道的娛樂記者，一發現方宙航現身，馬上蜂擁奔跑過去。

方宙航和王迅各自架著隱蔽眼睛的反光運動太陽鏡，耳朵塞上播放著強勁Hip Hop節奏的AquaOm運動耳機，趁記者還沒有完成包圍前，展步從中央缺口衝了出去，往外面的大路疾奔。

許多記者急忙上車，沿路追趕著他們拍攝。

在晃動的拍攝畫面裡，方宙航一步步專注跑著，長長地吞吐氣息。王迅保持著與他一樣的步伐，不徐不疾地跟隨在後。

兩人一直面朝著道路前方，沒理會任何目光與鏡頭，彷彿天地間就只剩下他們。

混凝土路面在足底下不斷掠過。遮蓋著二人眼睛的橘色鏡片，反射出火焰燃燒般的陽光。

● ● ● ● ◉

七個月前，在南曜電機辦公大樓的會議堂，龍健一首次以南曜隊新人身分公開亮相。

而他今天的記者會，也選在同一個場地舉行。

由於涉及莫世聞這樣的全城名人，這次媒體席遠比那天擁擠，有許多記者早已架好網路直播用的器材。

有些運動記者上次也曾經來採訪新人發佈會，對這座會議堂早已不陌生，卻發覺現場佈置跟上次有點不一樣：東面的牆壁正中央，掛著一幅放得很大的舊相片，正是1981年南曜籃球隊達成「都球」三連霸時拍攝的那幅球隊大合照。先前它只是小小一幀掛在廳堂角落的發黃照片，混在南曜電機各種產品的舊海報之間，無人留意；今天每個踏進來的人，都無法不注視它。

——比較年輕的籃球記者，甚至不清楚南曜隊昔日曾經有這段輝煌的歷史。

今次坐在講台上的人數，比上次新人發佈會少得多。老闆白曦樺、最大贊助商林霄和兩位球隊教練都不在。一張鋪著莊重白布的長桌後面，就只有三個人：龍健一、孫澈和南曜電機一名公關高層。

壁上時鐘跳到傍晚六時。時間一到，沒有甚麼開場儀式，記者會就馬上開始。

「大家好，我是孫澈。台下各位大概都已經知道我是誰了，不過還是要正式說一次：我是龍健一現在的經理人。」

今天是孫澈首次向世人展示自己的新身分，是他人生事業至今最重要的一天，可是他卻只穿一身休閒運動裝，倒轉戴著棒球帽，加上年輕的臉孔，看起來像隨便從街頭一家潮流服飾店拉出來的售貨員，多於一個職業運動經理人。

——孫澈是故意選擇這麼穿的，就是要給大眾一個初步的強烈印象：我跟莫世聞，是截然不同的類型。

各媒體當然早已集齊孫澈的背景資料，包括查出他與龍健一在同一個貧民區裡長大的事。現場好些記者正在手機上閱讀著這些資訊。

「大家手上的資料都沒錯。我今年才剛滿廿七歲。」孫澈微笑著摸摸下巴：「以後大家還會有很多機會看見我，所以不用太心急了解我的背景。現在請不要只顧滑手機，真人的臉在這裡啊！」

記者紛紛笑著放下手機。場內氣氛頓時變輕鬆了。

「今天記者會的宣佈內容，其實非常簡單，只有三件事。第一件我剛剛已經說了。」孫澈指指自己胸口，又引來另一浪笑聲。「至於另外兩件事，還是由Ken親口說吧。」

龍健一同樣只穿運動衣，一副隨時準備去練球的模樣。他拿著麥克風站起來，神情十分嚴肅。

「我在這裡申明：所有關於我會半途跳去『Metro Ball』的傳聞，都不是事實。這個球季，我必定會以南曜電機隊員的身分完成，並且全心全意實現開季前，在這座會議堂裡許下的諾言：帶領南曜奪取『AAA聯賽』冠軍，晉升『都球』！」

台下記者轟然起哄，其中不少已經急不及待離座上前拍攝和舉手發問。但是龍健一搶在他們之前繼續說話。

「我已經與南曜電機的管理層達成協定：只要本季我們成功升上『都球』，南曜隊會跟我簽訂一張四年的球員合約。

我的未來，將寄託在這支球隊之上。」

這個宣佈大出記者意料，他們急忙在網路上發佈即時消息。龍健一卻再次高聲發言。

「至於今天想說的第三件事，是關於方宙航的。」

一提到這個名字，台下一片愕然，驀然變得寧靜。

「不論從前他發生過甚麼事情，也不管以後他面對怎樣的困難，我龍健一都絕對支持方宙航前輩。」

「我深信本季餘下的比賽，他將再次以球技撼動所有人的心靈。」

「在此我懇求各界媒體，多給他一些空間。這也是我們南曜電機隊上下一致的願望。」

龍健一說完，朝著眾多鏡頭深深鞠躬，接著就表示有重要事情要先離開。還沒開始提問的記者急忙追上去，可是都被孫澈攔了下來。

「大家放心！我會代替Ken回答所有問題！問甚麼都可以！」孫澈高呼：「這就是Ken付錢給我的原因啊！請大家讓我分擔一些工作。你們也不想我像某人被炒掉吧？」

這最後一句話，又把記者逗笑了。這個年紀輕輕的新任經理人，說話方式率性又坦誠，跟莫世聞那種老江湖相比，予人感覺清新得多；毫無背景的他，突然在這個競爭極端激烈的行業裡冒出頭來，而且上任才短短兩天，就替客戶跟球隊敲定了這麼重要的協議，展示出異常幹練的手腕。像孫澈這樣的人物，本身已經有很大追訪價值，因此在他和南曜公關的再三請求下，記者們同意放過Ken。

Ken在南曜員工護送下出門離去後，孫澈重新回到座位。記者根據原來的抽選次序，開始提問。

「到底是甚麼促使Ken放棄莫世聞的？」第一條問題，當然毫不令人意外。「或者應該說：是甚麼令Ken選擇了你？」

孫澈閉起眼睛，像要慎重再想想，才拿起麥克風回答：

「那是因為，**我們擁有相同的夢想。**」

在夕陽餘暉下，龍健一從辦公大樓走到南曜隊的訓練場，步進那道老舊的大鐵門。

球隊裡每個人，早已在裡面等待他：教練康明斯、助教衛菱、訓練員Jerry，還有所有隊員。包括了方宙航。

他們剛才就坐在板凳上，一起看著電腦播放的記者會網路直播，聽著龍健一每句說話。

此刻所有人都站在球場裡，迎接著Ken到來。

方宙航與龍健一對視，默默向他點頭致謝，Ken則以微笑回應。兩人都沒有說些甚麼。

——當彼此都知道心意時，這樣就足夠了。

Ken逐一掃視著這些團聚的同伴。

在短短時日裡就贏得所有人信任的衛菱。

個性有點討厭，卻是球隊士氣發動機的葉山虎。

冷靜又無私的關星陽。

越來越投入球隊角色的梅耶斯和郭佑達。

躍躍欲試的新成員蕭騏；專門幹苦工而沒半句抱怨的石群超和呂劍郎。沒有上陣時間也全心支援隊友的蘇順文和迪森。即使不再直接掌舵，仍然在背後安定球隊精神的康明斯。甚至連Jerry這個小子，也都被球隊的氣氛感染，眼裡多了從前所沒有的光芒。

當然，還有王迅。是這傢伙改變了南曜隊，並且把一切串連起來的。龍健一當初簽下南曜的球員合約，完全就是為了錢，為了媽媽的醫藥費；他從來沒有想過，自己加入了的，會是這樣一支球隊。

想到這裡，他激動地大力拍了一下掌，高聲說：

「好！面前一切障礙，都已經掃清了！」

有些隊友聽見後，瞧著陳競羽。他們還沒有忘記，他先前說過那些負氣話。

陳競羽聳聳肩，淡然說：「其實我們上半季輸了那麼多場，現在要打進季後賽，根本還不樂觀……OK，OK！我又不是討厭贏球！就一起盡力打打看吧！」

大家都知道陳競羽個性執拗，願意這麼說已經很難得，也就接受了。

這時衛菱上前一步。

「剩下來要做甚麼，大家都很清楚。」她伸出拳頭：**「我們就一起把它完成吧。」**

王迅率先將手疊上去，接著是方宙航。其他人也一一跟隨，連康明斯和Jerry都不例外。

葉山虎以他獨有的粗豪聲線仰天高呼，彷彿要把訓練場的貨倉屋頂震塌。

「跟我喊！」

在那面巨大又老舊的藍色刺繡隊旗下，眾人合起來放聲吶喊，是球隊幾十年來最傳統的口號：

「ONE, TWO, THREE～～GO! SOUTH STAR!」

RUNNING GAME

跑攻籃球

RUNNING 5IVE

中——完

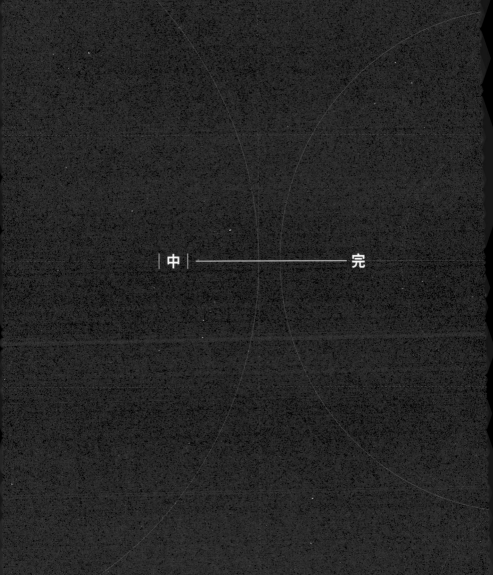

後記

民間長期流傳著一個關於籃球的笑話：民國時期山東軍閥韓復榘，有說是不學無術的武夫，一天參觀當地學校籃球比賽，看見十個球員在場上拚命爭一顆球，鬥得汗流浹背，就對校長大發雷霆，詰問學校如此寒酸，成何體統？隨即下令發錢，每人給買一個籃球，此後不必再爭。

有人考究過這其實並非真事，大概是有心人故意捏造，冠給他一個粗魯昏庸的形象。事實上據時人記述，韓復榘熱愛不同的體育運動包括籃球，自然不可能連球賽是甚麼都不懂。

這則笑話卻也確實透出一個道理：運動競技，本身往往沒有甚麼客觀道理的；為甚麼球籃要放在十呎高度？為甚麼不能拿著球跑？還有大堆各種不同規則。用最簡單的話語來定義的話，運動競技其實就是由一堆議定的規則構成，是我們自己賦予給自己的限制。

但世事很神奇：正正因為自我限制，才衍生更多的創造與自由。「遠古」時期的籃球比賽，是沒有24秒進攻時限的，有的球隊為求勝利，會在領先時一直把球傳來傳去，有時就這麼消耗幾分鐘，比賽節奏緩慢（特別在最後第四節），最離譜的一場1950年NBA球賽，最終比分只有19對18。在有了進攻時限這規則之後，球隊和球員不得不持續地積極進攻（否則一過時限就白白把球權送給對方），這大大提高了對進攻技術的需求，催生大量新技巧和變化——創造，源於限制。

這個「紀律即自由」的道理，其實可以應用到人生各種不同事情上，但它在運動競技裡最能簡明地彰顯。最近我接受了雜誌訪問，題目叫「運動物語」，被問到運動比賽和運動故事何以能吸引人？我認為是因為運動把人生面臨挑戰和逆境的應對、人與人之間的競爭和合作、人追求夢想所付出的努力……以一種最純粹的方式體現出來。運動故事，其實就是人的故事。

故此打從一開始，我這部《跑攻籃球》就不只是為籃球迷而寫。類型小說的定位雖然有利於尋找讀者，但假若作品始終都只滿足於在類型愛好者圈子內流傳，在我看來實在太不夠野心了。

如果有天聽到哪位讀者跟我說：「我對籃球一竅不通，但喜歡讀《跑攻籃球》。」那將是讓我最有滿足感的讚美。我希望能做得到。

喬靖夫

二零二三年十二月二十九日

RUNNING GAME

國家圖書館出版品預行編目資料

跑攻籃球. 中 = Running 5ive / 喬靖夫著 -- 初版.
-- 臺北市 : 蓋亞文化, 2024.02
面； 公分. -- (喬靖夫刀筆志 ; 6)
ISBN 978-626-384-081-2(平裝)

857.7　　112022282

喬靖夫刀筆志 006

跑攻籃球

RUNNING 5IVE

中

作　　者　喬靖夫
插　　畫　馮展鵬
設　　計　faminik
總 編 輯　沈育如
發 行 人　陳常智
出 版 社　蓋亞文化有限公司
地址：台北市103承德路二段75巷35號1樓
電話：02-2558-5438　傳真：02-2558-5439
電子信箱：gaea@gaeabooks.com.tw
投稿信箱：editor@gaeabooks.com.tw
郵撥帳號 19769541　戶名：蓋亞文化有限公司
法律顧問　宇達經貿法律事務所
總 經 銷　聯合發行股份有限公司
地址：新北市新店區寶橋路二三五巷六弄六號二樓
電話：02-2917-8022　傳真：02-2915-6275
港澳地區　一代匯集
地址：九龍旺角塘尾道64號龍駒企業大廈10樓B&D室
電話：+852-2783-8102　傳真：+852-2396-0050
初版一刷　2024年02月
定　　價　新台幣 350 元
Published and printed in Taiwan

GAEA
ISBN 978-626-384-081-2

GAEA

GAEA